철 없는 사랑

봄, 여름, 가을, 겨울
나의 사랑은 철이 없었다.

선제

철 없는 사랑

봄, 여름, 가을, 겨울. 나의 사랑은 철이 없었다.

사랑 앞에 한없이 투명해지고 싶었다. 차분하게 정돈된 상태에서 사랑을 나누고 싶었다. 사랑 앞에 진심이었고 적극적으로 사랑했다. 실천하는 사랑은 쌓여 또 하나의 커다란 덩어리를 만들었고 이전보다 커진 사랑의 덩어리는 나라는 사람 그 자체가 되었다. 사랑은 점점 더 큰 사랑이 되었고 사람은 점점 더 큰 사람이 되었다.

나는 오늘도 사랑을 마주한다. 커피를 내리고 있는 당신의 뒷모습이 보인다. 만남이 길어질수록 아름다운 순간들이 늘어난다. 1초, 2초, 시간은 성실하게 쌓인다. 촘촘히 쌓여가는 시간을 몽땅 다 기록하고 싶다. 글을 쓰고 음악을 만든다. 우리의 이야기는 시가 되고 노래가 된다. 사랑 안에서 나는 한없이 정성스러운 사람이 된다.

시간이 조금만 지나면 달라질지도 모르겠다. 먼 미래의 일처럼, 시절 인연처럼 기억될지도 모르겠다. 하지만 나는 안다. 사철 가리지 않고 재잘재잘 잘도 떠드는 당신, 그런 당신과 함께한 시간은 기억 속에서 영원히 휘발되지 않고 평생의 흔적으로 남을 것이란걸. 그때의 우리를 떠올리면 반짝거리고 온통 푸르던, 여름의 싱그러움이 느껴질 것이란걸. 그리고 나는 또 당신의 바람대로 한없이 충만해질 것이란걸.

봄, 여름, 가을, 겨울. 나의 사랑은 철이 없었다.

철 없는 사랑

차례

낭만 그리고 사랑

오월의 향기인 줄만 알았는데 넌 시월의 그리움이었어

(언니네 이발관 '100년 동안의 진심' 가사를 인용하였습니다.)

사랑 사랑 사랑 그리고 사랑

고요하게 이별하기

낭만 그리고 사랑

•

순간, 사랑이 전부였다.

노을이 지고 있다. 지는 해를 바라보며 딱 5분만 아무것도 하지 않기로 한다. 서로에게 기대어 천천히 호흡한다. 하늘과 노을의 경계가 열어지는 순간, 내 안의 근심과 걱정은 모두 사라진다. 순간, 사랑이 전부였다.

순간, 사랑이 전부였다.

LOVE IS ALL. 너는 나와 1미터쯤 떨어진 조수석에 앉아 오늘 있었던 일에 대해 재잘거리기를 멈추지 않는다. 순간, 너와 나를 제외한 모든 풍경이 멈춘다. 시시콜콜한 이야기는 전혀 시시하지 않다. 너를 제외한 모든 것들이 시시해진다. LOVE IS ALL. 우리 사이의 거리는 점점 더 가까워진다.

지난번에 봤던 영화를 이어서 보기로 한다. 달모어 한 병을 꺼내고 뚜껑을 연다. 짙은 향기가 주위를 붉게 물들인다. 천천히 그리고 넉넉하게 따른다. '식도부터 타들어 가는 느낌이야.'라는 너의 말이 괜히 귀엽다. 둥근 테이블을 앞에 두고 나란히 앉아 같은 곳을 바라본다. 대화는 끊임없이 이어진다. 순간, 두 손은 포개어진다. 살림살이에 전혀 보탬이 되지 않는 실없는 농담도 쉬쉬하지 않는다. 우리 사이의 거리는 점점 더 가까워진다.

시간은 훌쩍 흘러 어느새 해가 지고 있다. 오늘의 영화 보기는 또 실패다. 이런 실패라면 평생 해도 괜찮겠다고 생각한다. 나란히 앉아 창밖을 바라본다. 노을이 지고 있다. 지는 해를 바라보며 딱 5분만 아무것도 하지 않기로 한다. 서로에게 기대어 천천히 호흡한다. 하늘과 노을의 경계가 옅어지는 순간, 내 안의 근심과 걱정은 모두 사라진다. 순간, 사랑이 전부였다.

여름 예찬

깊고 맑은 초록이 가득한 여름. 내게 무해한 계절. 내가 사랑하는 여름. OUR SUMMER. 건물 밖을 나서면 강하게 풍기는 여름 냄새. 윤상의 여름밤의 꿈. 교토의 카모강과 아라시야마의 스틸 텅 드럼. 초록을 품은 무성하고 짙은 숲. 파랑 위에 반짝이는 윤슬. 거리에 핀 루드베키아. 해바라기와 코스모스를 닮은 여름 꽃. 생명력이 넘치는 꽃과 별. 냉동실에서 얼지 않는 탱커레이 넘버텐. 짙은 향을 발하는 코냑. 하루 두 번의 유산소. 길어진 해와 저절로 떠지는 눈. 500일의 썸머와 주이 디샤넬. 독서의 계절은 여름. 바깥은 여름, 두고 온 여름. 글쓰기의 계절도 여름. 여름을 가장 아름답게 하는 열대야와 밤 산책. 그리고 나를 하루 더 견디게 하는 당신의 여름. 조금 다른 2023년의 여름. 우리의 여름.

깜빡 또 깜빡

깜빡 또 깜빡 두 번의 깜빡임은 고양이의 언어다. 신뢰하고 사랑한다. 참 듣기 좋은 말이다. 신뢰하고 사랑한다. 나는 그 말을 반복해서 떠올린다. 동시에 나는 봄과 여름을 선물 받는다. 사진은 아직 채워진 부분보다 공백이 더 많다. 갑자기 무언가 느껴진다고, 한없이 거리를 좁히는 순간이면, 경계는 맥없이 허물어지고 마음은 온전히 당신만을 향한다. 애써 무시하고 모른척했던 못난 마음은 다시 멀쩡해진다. 나는 신기한 사람이 된다.

잔잔하게 이어지는 대화, 평안하게 내려앉은 침묵, 호흡을 가다듬는 소리, 숨을 거칠게 내뱉는 소리. 또렷이 느껴지는 체온을 감싸며 오늘은 부러 짧게 대꾸한다. 시시각각 바뀌는 창밖의 풍경과 내 방에 비치는 빛깔은 아름답다. 그것보다 훨씬 더 눈부신 당신의 하나하나에 집중한다. 선연하게 떠오를 순간이라 깨닫는다. 필름처럼 또렷하게 남겨질 시간. 당신은 내게 무해한 사람, 나는 당신에게 무해한 사람. 그렇게 나는 세상에서 가장 철없는 사람이 되기로 작정한다.

결

입으로

요즘 글을 입으로 쓴다. 정확히 이야기하면 내리쓰기를 입으로 한다. 한쪽 팔을 쓸 수 없게 되면서부터 타이핑으로 내리쓰기가 불가능해졌다.(마비가 왔던 왼쪽 팔은 8주 만에 다시 정상으로 돌아왔으며 원인은 과로와 스트레스였다) 한쪽 팔로 치는 타이핑 속도는 생각의 속도를 절대 따라갈 수 없다. 글쓰기에 어려움을 호소하는 내게 친구 제희가 애플 음성 받아쓰기 기능을 추천해 줬다. 신세계였다. 쓰다 보니 오히려 타이핑 보다 더 정확하고 빨라서 팔이 완치되더라도 계속 사용할 것 같은 느낌이다. 가끔 야외에서 사용할 때 제대로 인식하지 못하기도 하지만 문맥 안에서 충분히 추론 가능한 수준이다. 글쓰기부터 나이스 행발 입력까지 요즘 나는 마치 영화 her의 테오도르가 된 기분이다. 이러다가 사만다와 연애하는 날이 오는 건 아닌지 모르겠다. 8316명과 동시에 대화하고 641명과 동시에 사랑해도 괜찮은 시대가 정말로 오긴 오는 걸까?

요즘 하루 세 번은 입으로 음식을 먹는다. 아프고 나서 주변에서 기다렸다는 듯이 잔소리 폭격이 날아왔다. 그중 가장 많은 이야기가 '밥 좀 잘 챙겨 먹으라.'라는 말이다. 평소 남이 하는 이야기를 잘 듣지 않는 편이지만 '밥 좀 잘 챙겨 먹으라.'라는 말은 하도 들어서 쉬이 가라앉지 않고 반복해서 떠오른다. 당장에 바쁘니 쉬는 건 모르겠고 밥은 꼭 세 끼를 챙겨 먹고 있다. 카톡으로 '먹으면 좋은 음식과 피해야 하는 음식'을 알려주기도 하고, 배달의 민족 쿠폰을 보내주기도 한다. 쿠팡 새벽배송으로 음식을 배달시켜 주기도 하고, 근처에 살았으면 매일 끼니를 챙겨주겠다고, 수저 하나만 더 올리면 된다고 너스레를 떨기도 한다. 그리고 감사하게도 당신은 바쁜 와중에도 거의 매일 직접 찾아와 준다. 우리는 입으로 대화하고 입으로 음식을 먹고 입으로 사랑을 나눈다. 당신이 찾아오면 나는 그때에야 비로소 입으로 말한다. "이제 좀 편히 쉴 수 있을 것 같아."

사랑의 논리

내게 사랑은 수단으로서 기능하지 않는다. 따라서 연애를 위한 연애와 결혼을 위한 연애는 결코 나를 해방시키지 못했다. 어느 순간부터 나는 사랑을 목적으로 삼고 수단과 방법을 가리지 않게 되었다. 그리고 아직까지 사랑보다 재밌는 일을 찾지 못했기에 오늘의 나는 여전히 이 지경인가 보다.

옅은 우울과 성취 중독에서 다시 나를 구한 건 사랑이었다. 사랑은 물과 같아서 촘촘하게 짜인 일상의 그물을 아무렇지 않게 통과해 버린다. 한껏 늘어진 시간은 바다와 같아서 우리는 속절없이 물속에 잠겨 널브러진다. 그곳에서 시간의 논리는 비약되고 한없이 허비된다. 남은 것이라곤 나태함과 낭만뿐이다. '피곤해서 쉬겠다.'라는 말은 '지금 와달라.'는 말로 이해되고,

작은 오해는 또 하루를 충만하게 한다. 그렇게 우리는 서로를 끝없이 이해하고 오해한다.

대화는 끊임없이 이어진다.

'덥다. 여름이야. 써머라이팅 당했어. 냄새나는 풀이래. 운전 조심해. 노을 찍어줘. 달 봤어? 고마워. 칭찬봇. 노래 가사 같네. 독백 같아. 귀여워. 어이없어. 한 입만. 핑계야 핑계. 맥주는 술이 아니지. 일본인 아니야? 잘 찍는다니까. 친하게 지내자. 노곤노곤. 출발할게. 갑자기 미안한데. 완전 선물이야. 한입 더 먹어. 뽀모도로 인정! 아침만 남겨주고. 사랑해. 나도. 보고 싶어. 나도. 나도. 나도. 나도, 나도. 좋은 사람이야. 좋은 사람.'

끊임없이 이어지는 대화의 홍수 속에서 한 발짝도 물러서지 못하고 어렴풋이 희미해지는 나를 발견한다. 애초에 애틋한 감정의 해소가 목적이었다면 아마 나는 아무 말도 나누지 못했을 것이다. 아무것도 나누지 않았을 것이다. 자격을 논하지도 사랑을 탓하지도 않는다. 그저 나에 대해 그리고 당신에 대해 한결같이 떠들어 댈 뿐이다. 모두 당신 덕분이다. 모두 당신 때문이다.

큰 개

알람 없이 잠에서 깬다. 오늘도 익숙한 공원을 걷는다. 그런데 날씨가 이상하다. 한여름에 갑자기 시원한 바람이 분다. 마음이 착 가라앉는다. 괜히 슬퍼지려 하더니 갑자기 재채기가 나온다. 시원한 바람은 계속 분다. 마음을 추스르고 부러 더 힘차게 걷는다. 시야 끝에 큰 개가 뛰어간다. 나는 그 개를 따라 걷는다. 거리는 좁혀진다. 완전히 가까워지자, 목줄이 풀려있는 것이 보인다. 주인이 없다. 큰 개는 공원을 산책하는 사람들을 무작정 따라다닌다. 꼬리를 흔들면서 여기에서 저기로 숨을 헉헉거리며 따라다닌다. 사람들은 아무런 관심이 없다. 나도 마찬가지다. 30분쯤 지났나, 어느새 개는 나를 따라 걷고 있다. 한여름 이상하리만치 시원한 바람이 부는, 는개 가득한 뿌연 공원을 처음 보는 개와 함께 걷고 있다. 기분이

묘하다. 갑자기 소나기가 내린다. 나는 급히 집으로 뛰어간다. 개는 그 자리에 멈춰 섰다. 만남은 쉽고 이별도 쉽다.

당신은 자주 나를 큰 개 같다고 했다. 순하고 사람을 좋아하는 내가 골든리트리버 같다고 한다. 나는 대답 대신 고개를 위아래로 움직인다. 검정치마의 '강아지'를 좋아한다. '짖어대는 소리에 놀라서 도망가지 마, 무서워서 그런 거야, 나는 아직 아무것도 모르니까.' 근데 나는 잘 짖지도 않는다. 10cm의 'pet'도 좋아한다. '하루 종일 그대가 집에 오기만 무릎 꿇고 얌전히 기다렸다가. 초인종이 울리면 문 앞에 앉아, 반갑다 꼬리를 흔들 거야.' 그렇다. 요즘은 하루 종일 집만 지킨다. 나는 짖지도 물지도 않고 얌전히 잘 기다린다. 그렇다고 억지로 겸양을 떨지도 않는다. 그저 말없이 눈을 바라보고 냄새를 맡는다. 머리를 쓰다듬어 주면 잠도 잘 잔다. 나는 그걸로 만족한다. '사랑에 자격이 있냐?'는 물음에 나는 고개를 좌우로 움직인다. 나는 개 나이로 6살 반이고 아직 모르고 싶은 것이 더 많다. 하지만 사랑받을 자격은 충분하고 그래서 불가피하게 사랑할 뿐이다.

어울리게 칠해줘

밤 9시, 불을 꺼둔 나의 공간은 푸른빛으로 물든다. 밖은 어둡다 못해 새까맣다. 둥근 테이블 앞에 나란히 앉아 같은 곳을 응시한다. 캔들 워머를 켜 주위를 주황빛으로 칠한다. 산미구엘 두 병을 꺼내 유리잔에 따른다. 대화는 부드럽게 이어진다. 나는 주로 감정을 표현하고, 너는 사실들을 나열한다. 밤 9시부터 아침 7시까지 우리는 시간 가는 줄 모르고 떠든다. 어울리는 모양새가 지루하지 않다. 시간은 날짜의 경계를 넘어 계속해서 흐른다. 태양은 다시 세상을 주황빛으로 칠한다. 재잘거리는 나와 가만히 들어주는 네가 제법 잘 어울린다. 세상은 우리를 제법 어울리게 칠해준다.

낭만에 대하여

선선한 바람이 불기 시작한 가을의 초입, 우리는 체크인 시간에 맞춰 낯선 항구도시의 카라반에 도착했다. 상쾌한 공기, 부서지는 파도 소리에 마음이 시원해진다. 카라반에서 바라본 바다는 액자 속 풍경처럼 아름다웠고 우리는 누가 먼저랄 것 없이 해변으로 발길을 옮겼다. 자갈과 모래가 뒤섞인 바닥에 앉아 머그잔에 가득 따라 마신 와인은 잼보다 달콤했다. 이내 사위는 어두워지고 하늘은 와인보다 아름다운 빛깔로 우리를 감싼다. 끊이지 않는 말들, 차마 모든 걸 담을 수 없는 고백이 이어지고 주홍빛 하늘은 점점 푸르게 푸르게 물든다. 그때 우리가 뱉어낸 공기는 'free love'보다 감미로웠다. 새로 산 나의 붉은 셔츠를 걸친 너의 모습은 바다보다 하늘보다 더 짙어서 여전히 나를 그때에 머물게 한다.

향유

거리에 서서 누군가를 기다리고 있으면 괜히 긴장이 됩니다. 마음을 가라앉히기 위해 오늘 만날 사람과의 이야기를 떠올려 봅니다. 함께하는 시간 속 우리의 모습은 어떠한 형태로 부유하고 있을까요? 둥둥 떠다니는 상념의 조각들을 하나하나 짚어가며 아래로 아래로 가라앉힙니다. 비로소 마음이 조금 차분해집니다. 긴장감에서 해방되면 본격적으로 아름다움을 좇습니다. 그러면 나도 모르게 살며시 미소가 지어집니다.

어제는 교보문고에 갔습니다. 보통은 약속 시간보다 30분 정도 일찍 도착해서 책 구경을 합니다. 어제는 쓰고 있던 글이 마음에 들어서 중간에 끊고 가기가 힘들었습니다. 그래서 약속 시간에 딱 맞춰 조금 급한 마음으로 도착했습니다. 먼저 도착해서 이것저것 구경하는 그녀가 보입니다. 전자책을 읽지 않겠다는 사람. 전자책 시장이 확대되어 모두가 전자책을 읽는 세상이 오면 더더욱 종이책을 찾아서 읽겠다는 고집스러움이 마음에 듭니다. 기꺼이 함께 반대 방향으로 걸어가겠다고 다짐하며 속으로 작게 '나도.'라고 답합니다.

창밖을 바라보며 나란히 앉아 코냑 한 잔을 마십니다. 창문에 비친 우리 모습이 꽤 그럴듯해서 사진을 찍습니다. 정방형 프레임 속에 우리의 모습을 가둬 보지만, 아직 우리의 어떤 부분도 우리가 '우리가 되었다.'라는 느낌을 심어주지 못합니다. 어쩌면 우리는 영영 이루어지지 않을지도 모르겠다고 생각합니다. 하지만 우리가 함께 한 모든 행위 속에는 사랑이 깃들어 있습니다. 부디 결승선을 빠르게 통과하려 애쓰지 않겠다고 다짐합니다. 다만, 느리게 향유하며 오래 기억되길 희망합니다.

하루가 마무리되는 시간, 침대에 기대듯 앉아 바깥 풍경을 바라봅니다. 가만히 바람을 맞으며 오늘에 조금 더 머물러 봅니다. 여전히 시원한 초여름의 바람, 기차역 가로등의 주황색 불빛, 바삐 어딘가로 향하는 사람들. 네모반듯한 창문 속 세상을 구경하며 기절하듯 잠에 듭니다. 부재중 전화 한 통과 '굿나잇' 문자를 확인하며 다시 새로운 아침을 맞이합니다.

좋다

두터운 가면을 쓰고 오랜 시간을 견디다 드디어 다시 나의 자리로 돌아왔다. 불편한 표정은 벗어두고 자연스러운 모습으로 당신을 마주한다. 평일 저녁에 술 없이 끼니를 복스럽게 챙겨 먹는 게 참 오랜만이다. 거리에는 우산을 쓴 사람들이 지나간다. 밖이 훤히 보이는 창가 자리에 나란히 앉아 커피를 마신다. 샷을 추가한 아메리카노와 디카페인 라떼는 우리를 좀 더 수다스럽게 만든다. 나는 은연중에 자주 '좋다.'라고 말한다. 행복 뭐 별거 없다며 너스레도 떨어본다. '좋다. 좋다. 좋다. 좋다.' 그러다 한 번은 '너무 좋다.'라고 말한다. '좋다.'에도 분명 단계가 있겠지만 나의 어휘력은 감정의 동요를 잠재울 만큼 훌륭하지 못하다. 비로소 좋은 것에 무뎌진 시절이 지나갔다.

매일 루틴 속에서 계획을 체크하며 빠듯하게 살아내고 있다. 지친 표정으로 '피곤하다.'를 습관처럼 내뱉는다. 할 일을 모두 끝내고 함께하는 시간은 참 감사하다. 낭만도 즉흥도 아니다. 그냥 일상이다. 대화는 나를 깨우고 좀 더 나은 사람이 되고 싶게 한다. 더 이상 수면장애 때문에 울면서 깨어나지 않는다. 고맙다는 말 한마디는 깊은 밤을 날아서 볕이 드는 아침만을 남겨준다. 어둠이 내리지 않았으면 하고 마음 졸이지 않는다. 할 일을 미루고 마신 술이 수명과 시간을 축내더라도 괜찮다. 건전한 성과보다 결핍과 외로움이 서로를 더 이해하게 만든다. 평범한 시간도, 게을리한 시간도 당신과 함께라면 더욱 깊고 맑아진다.

포장마차

각진 길모퉁이에 삼각형 모양으로 자리 잡은 땅. 붉은색 천막 아래에서 어렴풋이 들려오는 사람들의 이야기 소리. 둥근 플라스틱 테이블에 앉으면 발아래에서부터 느껴지는 냉기. 추위를 녹이는 난로의 온기와 우동 한 그릇. 입안 가득 퍼지는 쑥갓의 향기. 이곳은 겨울 포장마차.

늦은 밤 대화는 끊이지 않는다. 지나간 시간에 대해 이야기 나누며 서로를 한껏 오해한다. '낭만적이다.'라고 말하는 너, 말없이 소주잔을 기울이는 나. 순대볶음 속 파와 양파를 모두 골라내는 너, 파와 양파만 골라 먹는 나. 단무지만 먹는 너, 단무지와 김치까지 먹는 나. '후'하고 입을 동글게 오므려 내밀고 입김을 내뿜는 너, '하'하고 입을 크게 벌려 네 손을 데우는 나. 밤은 늦었지만, 대화는 끊이지 않는다.

표정

당연하게도 나는 거울을 통해서만 내 얼굴을 마주한다. 그래서 평소에는 내가 어떤 표정을 짓는지 알 수 없다. 정확히는 볼 수 없다. 타인의 시선에서 감지될 나의 얼굴은 어떤 표정을 짓고 있을까? 해맑게 웃고 있지만 지쳐 보인다고 느낄까? 꽤 따뜻해 보이는 인상에서 나의 우울을 감지할까? 문득 궁금하다. 식당에서 주문할 때, 택시에서 내릴 때, 물건값을 계산할 때, 내가 습관처럼 내뱉는 '감사합니다.'라는 인사가 진심으로 감사한 마음을 건네는 안부라는 걸 과연 눈치챘을까?

겉모습과 내면은 얼마나 닮았을까? 때로 가감 없이 표현하기도 하고 가끔 바닥을 내보이기도 한다. 진짜를 알아가는 과정이 분별력을 요구하는 과제가 아니라 관심과 호기심의 해소이

길 바란다. 평생 비슷한 걸 반복하면서 산다는 걸 깨달은 순간부터 머릿속은 고민으로 가득하다. 무엇을 고르고 채워서 반복해야 할까? 나는 나와 익숙해지기 위해 오늘도 부단히 말을 건넨다. 글을 읽고 쓰자, 음악을 듣고 노래를 부르자, 사랑하자, 사랑하자. 미래의 나는 기억도 제대로 하지 못할 지금을 불평하게 될까? 어떤 표정일지 궁금하다.

영정 사진은 활짝 웃으면서 찍고 싶다. 나를 찾아와 줄 누군가가 사진처럼 웃으면서 살다 갔다고 오해했으면 좋겠다. 나를 딱하게 여기지 않았으면 좋겠다. 나는 꽤 착실하게 삶을 마주하고 있다. 그러니 부디 슬픈 표정 짓지 말기를. 당신은 나를 어떻게 기억하고 있을까? 사랑을 말할 때 내 표정은 어떨까? 우리가 나눈 이야기를 떠올릴지 아니면 그때의 표정이나 분위기를 느낄지 궁금하다. '이건 완전 선제 노래 아니냐?'라며 사랑을 말하던 당신은 어떤 멜로디를 반복해서 떠올릴까? 코끝에 닿은 초여름 냄새, 들판에 피었던 이름 모를 노란색 꽃, 위스키병을 딸 때의 맑고 깊은 소리, 우리가 두고 온 시절의 조각들을 어떤 표정으로 마주할까? 걱정과 근심에 젖은 표정이 아니라, 그저 평화롭고 귀여운 장면으로 추억하길 바란다.

술 한잔해요

'저녁에 술 한잔할까요?' 갑자기 온 당신의 연락에 마음이 급해진다. 약속 장소는 처음 가는 낯선 동네. 예약도 하지 않고 그냥 만나서 아무 곳이나 들어가자고 말하는 당신, 나는 그런 당신이 조금 신기하다. 우려했던 마음이 현실이 된다. 이곳저곳을 돌아다녔지만, 여섯 번째 찾은 장소까지 웨이팅이다. 전화번호를 적어두고 다시 발길을 옮긴다. 해는 지고 바람은 점점 거세진다. 추운 날씨에 체력이 떨어질까 마음이 급하다. 종종걸음으로 돌아다니다 마침내 2층에 위치한 바에 도착한다. 발로 뛴 보람이 있다. 적당한 온도, 훌륭한 조도, 카메라로 어디를 찍어도 작품이 될 것 같은 공간. 오늘 처음 알바를 시작한 바텐더는 우리보다 어설퍼서 왠지 모르게 위로가 된다. 캐러멜 향이 나는 코냑 한 잔을 홀짝이며 몸을 녹인다.

이야기는 자연스럽게 이어지고 병 속 빈 공간은 점점 늘어난다. 시간은 흘러 자정에 가까워지고 술기운에 붉게 변한 볼은 도도하던 당신의 얼굴을 귀여움으로 물들인다. 그렇게 우리는 생전 처음 와보는 공간에서 우리 인생의 대부분을 고백한다. 그리고 자연스럽게 다음을 기약한다.

수목원에서

택시를 타고 수목원에 간다. 계절은 겨울에서 봄으로 변하고 있지만 날씨는 여전히 쌀쌀하다. 패딩 속 핫팩을 꺼내 그녀에게 건넨다. 그녀가 웃는다.

수목원은 생각보다 컸다. 사람들이 거의 없어서 고요했다. '영화 세트장에 와있는 것 같아. 예전에 살던 시골 동네는 해가 지면 너무 고요해서 꼭 영화 세트장에 들어간 기분이 들었는데 지금이 꼭 그래.' 나는 하얀 입김을 내뿜으며 열심히 감상을 뱉어낸다. 그녀는 말없이 내 손을 잡아 그녀의 패딩 속에 넣는다. 따뜻하다.

우리는 걷고 또 걸었다. 잘 알지도 못하는 식물의 이름을 발음하면서, 지나가는 사람들의 시선에 일일이 반응하면서, 넓은 수목원을 빈틈없이 걸었다. 벌써 만 보를 걸었지만, 발걸음은 가볍다. 두 손은 어느새 깍지를 끼고 있다.

짜장밥

점심으로 오리고기를 먹었다. 오리고기는 몸에 좋아서 남 입에 있는 것도 뺏어 먹으라는 당신의 말을 떠올린다. 오리고기는 버릴 게 없다고 기름까지 먹어야 된다고 해서 기름까지 야무지게 먹는다. 저녁에는 짜장밥이 먹고 싶은데 한 그릇은 배달이 안될 것 같다. 편의점이나 갈까 하다가 다시 당신에게 연락을 해본다. 일요일 오후 그렇게 우리는 중국집 배달을 시킨다. 기름기 가득한 짜장밥과 통통한 새우가 들어간 삼선 볶음밥을 주문한다. 탕수육 소짜도 추가해서 같이 먹는다. 양이 꽤 많다. 그래도 문제없다. 남으면 저녁에 술안주로 데워 먹으면 된다. 짜장밥과 삼선 볶음밥을 배불리 먹고 낮잠을 잔다. 늦은 오후에 일어나 커피 한 잔을 나눠 마신다. 함께 책을 읽는다. 몇 장 넘기지 못하고 서로가 발견한 문장들에 대해 떠든다. 그래도 괜찮다. 그렇게 당신과 함께 주말을 보내다가 문득 '나 지금 행복하구나.' 발견한다.

스포트라이트

잠시 고민했다. 어떻게 반응해야 할까. 그녀는 내가 시간을 투자해서 부지런히 채워가고 있는 나의 시간에 '하이라이트'라는 이름을 붙여주었다. 그리고 나라는 사람은 충분히 더 '스포트라이트'를 받아야 하는 사람이라고 덧붙였다. 사실 여부를 떠나 신뢰받고 있다는 느낌은 마음을 따듯하게 채워주었다. 짧은 가을을 개탄하며 꾸역꾸역 창문을 열어 놓은 노포 사장님의 낭만도, 거리를 걷다 우연히 발견한 옷 가게에서 그녀가 마음에 들어 하는 갈색 재킷을 선물하는 여유도, 지하 1층 어둑한 조명의 좁은 가게에서 울려 퍼지는 재즈 음악에 홀려 무작정 주문부터 해버리는 즉흥도, 몽땅 마음에 들었다. 혼자 들을 때는 별 의미 없이 지나갔던 연주곡은 어느새 우리가 흥얼거리는 주제곡이 되었다. 그녀와 함께하면 무대에서 핀 조명을 받으며 독백하는 배우처럼 밝게 빛나고 있다는 착각에 빠졌다. 행복했다. 그것은 내가 오랫동안 갈망하던 장면이었다.

언행일치

사소한 순간을 충만하게 느끼도록 해주고 싶다. 특별한 날에는 노래를 만들어 함께 부르고 싶다. 울적한 날이면 돈 쓰는 취미를 함께하고 싶다. 백화점에 가서 하루 종일 향수를 시향 하면서 후각을 마비시켜도 좋을 것 같다. 네가 웃으면 나는 그게 좋아서 너를 자꾸 웃게 하고 싶다. 웃기는 것은 어렵지 않고 우스워지는 건 쉽다. 최근에 주워 담은 보석 같은 문장들을 발음하며 너스레를 떤다. 나는 또 그렇게 좋아하는 사람이 좋아하는 것을 좋아하게 된다. 언행일치, 절대 꼬시려는 말은 아니다. 그냥 고마울 뿐이다. 나를 잘 알아줘서 고맙다는 말이다.

플레이리스트

당신의 공간에서 흘러나오는 음악이 좋았다. 분명 내가 좋아하는 장르의 음악인데도 처음 들어보는 노래들이다. Jimmy Brown의 복잡해, Kvsh의 deep blue sky, jeebanoff의 마음으로 등이 나의 플레이리스트에 추가된다. 나도 부지런히 재생목록을 뒤진다. 우원재의 repeat, 최유리의 여운 EP, 릴러말즈의 싱잉랩 플레이리스트를 추천한다.

당신은 고단한 하루의 일과를 마치고 조용한 공간에서 피아노를 연주한다. 연주를 녹음하고 반복해 들으면서 마음의 안정을 찾는다. 나도 가끔 내가 만든 음악들을 들으면서 하루를 마무리한다. 자아도취에 빠진 모습이 밉지 않다. 언젠가 나의 음악이 당신의 플레이리스트에 담겨 있는 모습을 상상한다. 우리는 자주 재생된 목록에서 그것들을 발견한다. 도입부에서 시작해 수록곡까지 당신의 공간을 우리의 이야기로 채워간다.

남아 있습니다

처음은 어색하고 떨렸습니다. 하지만 점점 익숙해졌습니다. 시간은 성실하게 흘렀습니다. 당신은 저에게 특별한 사람이 되었고 당신에게 의미 있는 날들은 저에게도 의미 있는 날이 되었습니다. 당신이 태어난 날이 그렇고, 사랑을 고백한 날이 그렇습니다. 그때부터 지금까지 당신은 제게 소중하게 남아 있습니다.

칭찬을 아끼지 않았습니다. 멋있고 매력이 많은 사람이라고, 좋은 사람이라 잘해주고 싶다고, 소중하게 대하고 싶다고, 그런 선제의 모든 걸 응원하고 지지한다고 말했습니다. 덕분에 저는 더 나은 사람이 되고 싶었고 부족하지만 시간처럼 성실하게 노력했습니다. 저는 당신으로부터 왔습니다. 그리고 당신은 여전히 저의 자랑으로 남아 있습니다.

좋은 시절을 보냈습니다. 함께 있으면 마음이 편안하고 긍정적인 에너지가 몽글몽글 피어났습니다. 굳이 무언가를 하지 않아도, 존재 자체만으로도 충분했습니다. 당신은 제 일상, 제 삶의 일부가 되었습니다. 그것은 커다란 행복이었습니다. 저는 당신으로부터 진정한 사랑을 배워갔습니다. 지금 제가 나누는 사랑에는 온전히 당신이 남아 있습니다.

오월의 향기인 줄만 알았는데 넌 시월의 그리움이었어

•

비 온 뒤 더욱 선명해지는 것들

교실에서 떠드는 아이들의 소음
운동장 플라타너스의 초록
옥상달빛의 안부
화단 근처 짙은 흙냄새

그리고 너에 대한 나의 기억

너에게

가끔 공허함과 무력감이 나를 삼켰다. 그럴 때마다 너는 나를 응원했다. 내가 나라는 사실에 슬퍼하지 않도록, 완벽함에 나를 가두고 시험하지 않도록. 작은 실수가 내 눈을 가리지 않도록, 날 선 시선에 움츠리지 않도록. 너는 지금 내 옆에 존재하지 않지만, 응원은 노래가 되고 노래는 시가 되어 내 마음속에 남아 있다.

내가 나라서 기쁘다는 너에게, 내 인생의 주인공은 나라는 사실만으로 빛나고 아름답다는 것을 알려준 너에게, 누군가를 위하는 마음이 얼마나 아름다운지 알려준 너에게, 한때 누구보다 사랑했던 너에게. 늦었지만 감사의 인사를 전한다.

그리워할 줄 알아야지

그립다. 나는 네게 평생 보고 싶냐 물었고 너는 내게 오래 보고 싶다 답했다. 그것은 우문현답일까 동문서답일까. 그립다. 너는 내게 무대에서 노래 부르는 모습도 멋있지만, 평소에 흥얼거리는 목소리가 더 좋다고 말한다. 나는 무대에서 노래하는 시간을 줄이고 너의 곁에 머무는 시간을 늘린다. 그립다. 너는 내가 음식을 조금만 먹으면 자주 킹 받았고 가끔 내가 맛있게 음식을 먹으면 뿌듯해하며 연신 따봉을 날렸다. 나는 아침과 점심을 거르고 좀 더 맛있게 너와 저녁을 먹는다. 그립다. 나는 너와 잘 맞는다고 말했고 너는 내게 잘 맞춰준다고 말했다. 자연스럽게 이어졌던 대화의 결은 자유분방한 나를 달래는 너의 배려였다. 그립다. 하루가 저물어 갈 때 동네를 산책하고 근처 놀이터 그네에 앉아 이런저런 감상을 말하며 해소하는 어지러움은 멀미가 아닌 그리움이었다. 꽉 찬 하루와 서로를 응원하는 마음은 시가 되고 노래가 되었다. 그립다. 짧은 가을을 아쉬워하며 함민복 시인의 시처럼 오늘도 당신 생각을 켜놓은 채 잠에 든다. 세상이 달라지고 세계가 달라진다. 그립다. 벌써 그립다.

시절 인연

꽤 오래전부터 관계를 통해서 무언가 해소하려고 시도하지 않았다. 괜히 더 상처받기 싫었다. 나는 사람을 좋아했지만 관계를 맺는 과정은 늘 많은 상처를 남겼다. 친구 사귀기는 어려웠고 정신을 차려보면 또 다음 사람을 만나고 있었다. 시절 인연이 아니라 시즌 인연이 더 어울리는 시절이었다.

떠나간 연인에게는 늘 실패한 사람이었다. 결혼에 대한 생각이 없었다. 그래서 행복한 시간을 보낸 뒤 결론을 요구하는 질문에 대한 내 답은 늘 잔인했다. 5월의 향기가 10월의 그리움으로 남았다는 가사를 섬겼다. 건강한 방식으로 인연을 흘려보내고 또 새로운 인연에 젖어드는 시절의 인연을 동경했다. 그렇게 아름다운 나의 한 시절을 함께 해주는 것만으로도 감사했다.

그런 나에게도 영원하길 바라는 시절이 찾아왔다. 결이 통하는 사람. 나는 자연스레 예전의 당신들처럼 영원 인연을 꿈꾸게 되었다. 나의 일상에 침투한 당신. 카페에서 책을 읽고 생각을 나눈다. 연탄구이에 인삼이 담긴 소주를 마시면서 내 인생 대부분을 고백한다. 노래방에서 사랑을 속삭이고 카메라를 들고 서점을 누빈다. 저녁을 배불리 먹지는 않지만, 대화는 늘 든든하다. 나란히 앉아 지는 해를 바라본다. 코냑 한 잔을 홀짝이면서 서서히 서로에게 물든다.

당신과 함께했던 일상은 나를 채우고 위로했다. 사람으로 충분했다. 사랑으로 충만했다. 시간의 바깥에서 우리는 행복했고 딱 그만큼 힘들었다. 그렇게 우리는 찬란한 계절을 보냈다. 시절은 빠르게 흘렀고 지금 우리는 너와 나로 남았다. 그렇게 또 아름다웠던 한 시절은 끝이 났다. 나와 함께 맑고 깊은 시절을 보내준 당신에게 참 감사하다.

you gave me

살다 보면 덜컥 마음을 내어 주고 싶은 누군가를 만나게 된다. 하지만 평생을 이어갈 인연을 만나기란 쉽지 않다. 그것은 나를 낙담시키기도 하고 반대로 위로하기도 한다. 우리 만남은 우연이 아니고 우리 만남이 그리 특별하진 않겠지만 내가 그 계절을 그리워하고 사랑하기에는 충분하다. 다 먹고살아도 나이 먹고는 못 살겠다는 양여사의 푸념에서 다시는 만나지 못할 짧은 여름을 부지런히 주워 담는다.

좀처럼 여름을 못 견뎌 하는 당신이 나를 만나 누리게 된 사소한 변화들에 행복하다. 나는 당신에게 여름을 사용하는 매뉴얼이 되고 싶다. 뜨거운 여름을 몽땅 퍼 담아 삼키고 순서에 맞춰 하나씩 뱉어내고 싶다. 여름이 지나 가을이 와도 초록과 물기를 머금은 우리는 눈물을 핑계 삼아 또 한때를 사랑할 수 있을까. 계절은 성실하게 흘러 겨울이 되고 꽃 피는 봄이 오면 비로소 비비스테리아를 마주할 수 있을까.

어제는 호감을 샀지만, 오늘은 미움을 산다. 오늘은 미움을 사지만 내일은 그리움을 산다. 조금 알아가고 꽤 많이 잊는다. 조금 흥분하고 꽤 많이 잊힌다. 불쑥 단념했다가 이내 다정해진다. 빨리 무언가가 되고 싶고, 천천히 느리게 사라지고 싶다. 마흔이 되기 전에 결핍은 경지에 오르고 아흔이 지나면 이쑤시개로 콧구멍을 쑤시는 지경에 이를지라도, 나는 후회하지 않는다. 당신은 사람들이 평생을 걸고 찾아 헤매는 걸 내게 선물했다. 우리가 안되는 이유는 백만 가지지만 그럼에도 나는 당신을 사랑한다.

I have no regrets you gave me something people search for their whole lives

you gave me

(영화 '엘리멘탈'에 나온 대사를 인용하였습니다.)

직관

판단과 추론 없이 당신을 직관한다. 사고의 과정을 거치지 않고 곧바로 알아챈다. 직관을 부인할 수는 없다. 그리고 나는 그것에 절대로 저항하지 않는다. 역행은 감내해야 할 고통의 양과 크기를 늘릴 뿐이다. 그래서 우리는 우리가 누릴 수 있는 범위 안에서 원하는 것을 부지런히 넣고 뺀다. 위트 빵과 모짜렐라 치즈, 로스트 치킨과 랜치 소스를 넣는다. 할라피뇨와 양파는 뺀다. 비단 써브웨이 주문만을 말하는 것은 아니다. 당신은 지금 나에게 거대한 알레고리를 관철하려 한다. 나는 기꺼이 당신의 은유 속에 잠긴다.

연일 비가 내린다. 장마다. 젖은 대기와 끈적끈적함을 피해 우리는 실내 인간이 된다. 익숙한 공간에서 경계 태세를 늦추고 편안함과 고요함을 만끽한다. 나는 주로 당신의 옆에 우두커니 앉아 당신이 뱉는 단어와 문장을 수집한다. 방구석 1열에서 당신의 인생을 직관한다. 당신은 길게 늘어진 타임라인의 한 허리를 베어내어 오롯이 나를 위해 굽이굽이 펼쳐낸다. 글이 되지 못한 당신의 말들을 정성스럽게 그러모아 다시 내 것인 양 이어 붙인다. 우리는 아무런 대책 없이 슬픔의 조각들을 조용히 직관하고 있다.

비 온 뒤 더욱 선명해지는 것들

교실에서 떠드는 아이들의 소음
운동장 플라타너스의 초록
옥상달빛의 안부
화단 근처 짙은 흙냄새

그리고 너에 대한 나의 기억

결핍

나는 스펀지 같은 사랑을 했었나? 우리는 서로를 만나 채워지지 않던 감성을 스펀지처럼 흡수했던가? 분명한 건 오랜 시간 채워지지 않는 무언가로 힘들어했던, 풀리지 않던 나의 문제가 당신을 만나고 단번에 해결됐다. 나는 주인공이 되어 보려 무리했고 억지 노력도 했다. 동화 속 결말을 맞이하지는 못했지만, 과정에 녹아 있던 사랑을 발견했다. 낮술, 일몰, 윤슬, 기타, 글, 키스, 위스키, 대화, 마이 블루베리 나이츠, 몰입, 앤슨 세아브라. 행복하게 죽기 위한 목록들이 차곡차곡 쌓인다. 나는 금방 부자가 된다. 그리고 이제 적어도 뒤로 돌아갈까 봐 걱정하지는 않는다. 나는 당신에게 충분히 몰입한다. 그러자 시간은 몽땅 다 사라진다.

나는 부족한 사랑을 했었나? 함께 할 시간이 부족한 두 사람이 만나 사랑을 하면 부족한 사랑이던가? 당신은 우리의 사랑을 위스키와 닮았다고 했다. 조금씩 맛볼 수 있지만 여운이 긴 위스키. 당신과의 사랑은 조금씩 맛볼 수 있지만 그 여운이 너무도 길었다. 시간이 지날수록 위스키의 향과 깊이는 짙어진다. 시간이 지날수록 당신과의 사랑은 더 진해졌다. 그때는 잘 몰랐고 지금은 고개를 끄덕인다. 가끔은 여유로운 시간을 진득하게 보냈다. 그때의 우리는 입안 가득 향기를 머금고 천천히 휘발되는 증류주와 닮았다. 하지만 긴 여운도 늘 모자랐다.

사랑한다는 말보다 보고 싶다는 말을 더 많이 했다. 같은 공간에서 보내는 시간보다 각자의 공간에서 보내는 시간이 길어지다 보니 자연스럽게 보고 싶다는 표현이 입에 붙었다. 우리는 세기말을 휩쓸었던 PC 통신의 퀴즈쇼 같은 공간에서 수많은 활자를 두고 마주했다. 오래전 나누었던 '긴 여행의 시작'은 끝이 났다. '그저 오랫동안 기억될 사람이길 바란다.'라는 마지막 문장이 날카롭게 와닿는다. 사랑이 전부였던 순간도 시절의 파편으로 흩어져 버렸다. 당신은 나의 허리케인, 폭풍의 눈 속에서 긴긴 평안함을 느낀다. 폐허가 된 세상에 홀로 남아, 부풀려진 가방을 메고 성실하게 시절의 조각들을 수집하는 내 모습이 괜스레 슬퍼 보인다. 그런 내가 괜히 밉다.

당신에게

ENFJ, 당신과 나는 똑같은 MBTI다. 당신은 나처럼 사람들에게 친절했고, 나보다 사랑을 중요하게 생각했다. 우리는 글을 쓰는 것을 좋아했고, 서로가 쓴 글을 읽으면서 서로를 배워갔다. 또, 책에서 좋은 문장을 발견하고 끄적이는 것을 좋아했다. 소설만 읽었던 내 독서 취향은 순식간에 변했고, 당신이 읽는 책이 곧 나의 책 리스트로 쌓였다. 당신은 대학원 수업에서 깨달은 통찰을 나와 나누고 싶어 했고, 수업이 끝나자마자 걸려 온 전화에 이어지던 통화는 내 귀를 따뜻하게 감쌌다. 나를 지지하고 응원해 준 당신의 말들은 앞으로의 내 선택에 용기를 줬고, 앞으로 쓰여질 내 이야기의 영감이 될 것이다. 당신은 나를 알아봐 주는 유일한 사람이었다. 일상의 루틴을 묵묵히 지키는 모습을 존중해 줬고, 투명하게 드러나는 우울의 감정을 탓하지 않았다. 다만, 내가 스스로를 갉아먹을까 봐 늘 걱정했다. 당신은 비겁하게 사랑을 포기하는 나에게 여러 번 용기를 냈다. 가을에서 겨울로 이어지던 미련한 밤에도, 당신은 끝까지 나를 응원했다. 유난히 길었던 그 새벽 이제 다시는 마주하지 않겠다고 다짐했으나, 하루에도 수십 번씩 내 머릿속을 자유롭게 유영하는 당신을 오늘도 덧없이 마주한다.

애도

새벽 4시, 오늘도 어김없이 애도의 시간이 찾아온다. 검은색 반팔 티셔츠에 검은색 극세사 바지를 입고 네모난 책상 앞에 앉는다. 책상 위에 두 팔을 올리면 서늘한 기운이 느껴지고 조금 남아있던 잠도 금세 달아난다. 메모장을 열고 모니터 속에서 규칙적으로 깜빡이는 커서를 마주하면 비로소 모든 준비는 끝이 난다.

새벽 4시, 애도의 시간. 이제는 더 이상 마주할 수 없는 당신을 조용히 추모하는 시간. 아픈 것도 사랑, 질투도 사랑, 슬픔도 사랑. 더 이상 우리의 세상은 존재하지 않는다는 마음으로 지나간 흔적들을 지운다. 파리 플레이리스트를 재생하고 머스크 향수를 뿌린다. 언젠가는 아무렇지 않을 음악과 향기에 마음껏 취한다. 각자가 취할 수 있는 만큼 취하고 꼭 그만큼을 버텨낸다. 나는 내 몫만큼을, 당신은 당신 몫만큼을.

11월, 새벽 공기가 차다. 이번 겨울은 따뜻하길 바란다. 가득 채워졌으면 좋겠다. 지금 내게 떠오르는 말과 당신에게 하고 싶은 말을 모두 써낸다면 한 권의 책으로 빽빽하게 채워지겠지. 소소한 일상, 희망하는 일들, 부푼 꿈, 의미와 방향을 훨씬 뛰어넘는 삶, 모두 누리면서 살아가길. 사건의 지평선 넘어 존재하지 않는 세상에서 치열하게 존재하며 살아가길.

밤 11시, 여전히 공기가 차다. 극세사 이불을 덮고 극세사 베개를 베고 네모난 침대에 몸을 뉜다. 말똥거리던 눈을 감고 시절 인연이라는 단어를 마주하면 비로소 길었던 나의 애도는 끝이 난다.

아름다운 세상

무의미의 축제 속 요란하기만 하던 내 삶을, 바닥에서부터 꼭대기까지 가득 채워준 당신께 이 글을 바칩니다. 그 해 여름, 우리가 나눈 세상은 한없이 찬란했습니다. 우리가 뱉었던 모든 말들은 다시 새로운 의미가 되어, 노래가 되고 시가 됩니다. 그 속에서 나는 부지런히 나의 하루를 채우고, 짧은 일주일을, 새로운 계절을, 아름다운 세상을 살아갑니다. 덕분입니다.

아름다운 사람, 반짝이는 눈빛으로 당신 안의 열정을 뿜어내길 바랍니다. 처음부터 너무 완벽하게 해내고 싶어서 시작도 전에 압도당하지 않길 바랍니다. 하고 싶은 일이 너무나 많겠지만 차근차근 떠다니는 의미들을 붙잡아 하나하나 가라앉히기를 바랍니다. 건강하고 씩씩하게, 당신의 세상을 아름답게 채워나가길 바랍니다. 감사합니다.

이석원

언니네 이발관 6집 '홀로 사는 사람들', 5천 장의 한정판에서 내 번호는 4065번. 처음으로 내 돈 주고 나에게 선물했던 앨범. 의리로 구매해서 몇 년째 책장 안에 진열되어 있는 앨범. 물론 음악은 의리를 넘어섰고 가끔 스트리밍 서비스로 듣고 있다. 역시는 역시나 역시다.

2008년 늦가을.
윤도현의 러브레터에서 우연히 '너는 악마가 되어가고 있는가?'를 듣고 받은 충격이 아직도 생생하다. 언니네 이발관 5집 '가장 보통의 존재', 당시 주변 사람들에게 엄청 추천하고 다녔었다. 5집 앨범에 수록된 최애 곡 '100년 동안의 진심', 14년이 흐른 뒤 조수석에서 나의 오른쪽 얼굴을 훔쳐보던 당신과 함께 들었던 앨범. '영원 인연'을 꿈꾸는 당신과 '시절 인연'을 말하는 나. 다시 반년이 지난 지금, 우린 얼마나 달라졌을까? 닮아졌을까? 여전히 '영원을 말하는 것에 대한 덧없음'은 옳을까, 확실히 서운하고, 고맙고, 귀하다. 내 속에서 점점 옅어지고 있던 창작의 욕구를 일깨워 준 고마운 사람.

2009년 겨울.
이석원이 썼다고? 하면서 읽게 된 '보통의 존재'. 몇 해 전까지 좋아하는 사람이 생기면 선물했던 '보통의 존재'. 그 시절부터 지금까지 나의 취미를 책 읽기로 만들어 준 '보통의 존재'. 보통이라는 말은 잔인한 구석이 있다는 당신에게 '보통의 존재'를 선물했다. 솔직하지만 음침하고 축축한 기분이 들게 하는 글은 수개월이 지나 다시 읽어도 여전하다는 피드백으로 남았다. 책장 어딘가에 꽂혀 읽히지 못하고 있을 노란색 책.

메모하지 않은 기억들은 금방 사라진다. 그러나, 신기하게도 음악이 함께한 순간들은 사진처럼 또렷이 남아있다. 잊고 살다가도 기억들보다 더 먼저, 흘러나온 노랫소리에, 목소리에 반응하게 된다. 그때의 분위기가 스윽하고 몸을 감싸는 느낌을 받는다. 좋았던 일, 좋지 않았던 일, 나름대로 미화되어서 또다시 추억으로 되살아난다. '5월의 향기인 줄만 알았는데, 넌 10월의 그리움이었어.' 불러도 불러도 그 밤들은 다 불러지지 않는다.

세월이 지나면서 나밖에 모르는 삶을 살아간다. 하지만 종종 사랑이라는 이유로 어쩔 수 없이 누군가의 삶에 관심을 가진다. 반대로 이유 없이 누군가의 무엇에 관심을 가짐으로써 누군가를 사랑하게 된다. 애석하게도 타인에 관한 관심도, 사랑도 얼마 남아있지 않은 요즘, 지루하던 새벽 조용히 나타나 내게 다시 돌아보는 시간을 만들어줘서 고맙다. 작은 것들에 집중해야지. 당신을 위한 가장 보통의 존재가 되어야지. 이런 나를 진심으로 칭찬하고 축하해야지. 쉽지는 않겠지만.

고스란히

'못 지내.'라는 당신의 메시지에 나는 또 무너진다. 마음이 좋지 않다. 그렇게 당신의 행복을 빌었는데 하늘도 무심하다. 신을 더 이상 믿지 않는다. 나는 부지런히 내 속을 뒤져 위로의 말을 찾는다. 염치없이 준비한 위로의 말은 가닿지 못한다. 나는 더 이상 당신의 괴로움을 덜어주지 못한다. 당신의 슬픔을 달래줄 수 없다. 그게 현실이다.

누구에게나 위로의 순간은 필요하다. 나도 마찬가지다. 당신의 바쁜 일상에 내가 차지할 공간이 없다는 걸 깨달았던 새벽, 나는 한없이 서러워졌다. 어린아이가 된 나는, 수평을 맞춰주고 싶게 삐뚤어진 이야기만 늘어놓았다. 서운한 말을 채 뱉어내지도 못하고 엉엉 울었다. 당신은 울고 있는 나를 말없이 안아주었다. 참 따뜻했다. 당신 앞에서는 한없이 어려져도 괜찮겠다고 생각했다.

어설픈 위로의 말을 건네고 싶지는 않다. 그냥 안아주고 싶다. 내 마음속에는 여전히, 고스란히 아쉬움이 남았다. '왜?'라는 나의 물음에 대답이 없는 대화창을 바라보면서 나는 또 한 번 단념을 다짐한다. 아프다. 어제와 비슷한 하루를 보내고, 우린 돌아서서 잠들기 전에 각자 또 다른 다짐을 하겠지. 서툴고 미련한 마음만 고스란히 남았다.

추억마저

잘 지내니? 오늘도 용기를 내어 나에게 안부를 묻는다. 문득 돌아보니 내 삶도 꽤 많이 흘렀다. 여러 계절을 반복해서 앓고 나니 안 보이던 것들이 보이기 시작한다. 물론 여전히 보지 못하는 것들도 많지만. 감사하게도 지나간 시절은 나에게 많은 것들은 남겨주었다. 추억이라고 무심하게 이름 붙여놓은 세상 속에, 무수히 많이 무너진 나와 그 수만큼 다시 세워진 나를 발견한다. 나의 세상 속 새하얀 여백은 어느새 그들이 그어 놓은 무수한 선과 칠해 놓은 다양한 색으로 화려하게 빛났다가 세월과 함께 점점 무채색 얼룩으로 흐려진다.

조금씩 흐려지는 기억과 불완전한 추억이지만 그것은 오늘의 나를 버티게 한다. 덕분에 나는 두 번째 생의 기회를 얻었고 지금도 무수히 많은 하루를 켰다 끈다. 하지만 결국엔 그냥 느리게 죽어가고 있다는 느낌을 지울 수 없다. 추억 속 나의 모습을 마주하는 일은 다시 그때를 살아내고 또다시 죽어가는, 지루하고 번거로운 작업처럼 느껴진다. 거듭되는 약속과 저버림은 폭력적인 패턴으로 다가온다.

추억은 아무런 힘이 없다. 하지만 가끔은 나를 참 고단하게 한다. 시간이 조금 더 지나면 문득 깨닫는 날이 올까? 무엇을 위해 이렇게 많은 것을 새기며 아등바등 버티고 있는 걸까? 잘 모르겠다. 의도를 가지고 내가 바라는 모습으로 덕지덕지 수정된 추억은, 스스로의 원형을 기억이나 할까?

추억은 아무런 힘이 없다. 무수히 많은 시간을 추억이라 명명해 보았지만 지금 내게 추억은 그저 지나간 사람들의 흩어진 조각에 불과하다. 그 조각들을 하나하나 주워 모아 정성껏 이어 붙여보지만, 그때의 낭만을 낭만이라고 명명하는 건 그저 터무니없는 블러핑 같다. 추억으로 인해 나는 얼마만큼 지금의 내가 되었을까? 얼마나 더 오랜 시간이 쌓여야 나는 추억을 먹고 살 수 있을까?

가을에게

가을에게

고맙다는 당신의 말이 고마워. 침대에 나란히 누워 높은 하늘을 바라보며 서늘한 바람을 맞으니 계절이 바뀌었다는 걸 몸소 느껴. 올해 첫가을을 함께 맞게 되어서 그리 서글프지는 않네. 그간 당신의 세계가 넓어진 만큼 나의 우주도 차곡차곡 채워지고 있어. 자기중심적인 마음의 뿌리는 매번 나를 놀라게 하지만 당신에게 뻗어있었던 욕심의 가지는 점점 말랑말랑해져 팔베개가 되고 얇은 이불이 돼. 날씨가 추워지고 바람이 차가워지더라도 덮어두지 말고 끌어안자. 각자 따로 머무는 시간 속에서도 우리가 느꼈던 잠깐의 가을처럼 포근하길 바라.

여름으로부터

어떤 모습

무슨 이유에서인지 모르겠지만 이상하게 뇌리에 강하게 박힌 모습들이 있다.

이를테면 행주로 싱크대의 물기를 닦고 세제를 조금 묻혀 빨래하듯이 빨고 야무지게 널어서 정리할 때 앙다문 입. 화장실 바닥의 줄눈에 거품 락스를 뿌리고 솔로 박박 문지른 뒤 물청소하는 굽은 등. 카페에 앉아 책을 읽고 있는 내 모습을 짧은 시간에 스케치해서 유치한 메모와 함께 건네주며 쑥스러워하던 어색한 몸짓. 일요일 낮, 햇살 가득한 이국적인 느낌의 골목 벤치에서 월요일 걱정 없이 맥주를 마시며 지었던 스물셋의 미소. 취향을 저격하는 드라마를 만나 감탄하고 또 눈물 흘리며 연신 '다음 화 보기'와 '오프닝 건너뛰기' 버튼을 누르던

레몬 빛 손. 이틀만 못 봐도 징징거리는 내게 이틀 동안 무슨 일이 있었는지 쉬지 않고 재잘거리던 작은 입술. 월요일 새벽에 헤어졌다가 월요일 저녁에 다시 만나 내어주던 작지만 든든한 어깨.

나는 당신에게 어떤 모습으로 박혀있을까?

연락

한 달에 한두 번, 잦을 때는 일주일에 한두 번 당신은 나를 찾는다. 영상에 사용된 폰트를 물어보기도 하고, 동영상 편집을 끝내고 나서 영상 뽑아내는 단어가 생각이 안 나서 묻기도 한다. 나는 친절하게 대답한다. 폰트는 '옛날 사진관'이고 단어는 '렌더링'이야. 물론 나도 다 알지 못해서 다른 사람에게 물어보고 대답하기도 한다. 외장하드가 고장 나서 월별 쪽지 상담 파일을 부탁하기도 하고 교육비 지원 관련 방과 후 자유수강권 담임 추천서 파일을 부탁하기도 한다. 보내줄 수 있는 파일은 보내주고 보내줄 수 없을 때는 보내줄 수 있을 것 같은 사람을 소개해 준다. 가끔 간단한 음악 믹싱이나 영상 편집을 그냥 나한테 시키기도 한다. 나에게는 정말 간단한 작업이라 빨리 처리해 주고 잊어버린다.

글쓰기가 남다른 친구가 있으면 사진을 찍어 내 의견을 묻기도 하고 아주 가끔은 고민이나 어려움을 이야기하기도 한다. 나는 사진 속 글을 정독하고 머릿속 단어를 뒤져 정성스럽게 답한다. 당신의 고민과 어려움은 그냥 가만히 듣는다. 그렇게 서로의 안부를 확인한다. 당신에게 내가 아직 필요하기 때문에 연락은 끊어지지 않고 있는 걸까? 나의 쓸모가 남아 있어서 이별 후에도 아직 연락은 이어지고 있는 걸까?

주말의 한적한 카페에서 반짝이는 윤슬을 멍하니 바라보다 문득 이 모든 걸 지켜본 지금 내 옆의 당신은 훗날 나에게 어떤 말로 소식을 전할까 생각해 본다. 그때도 글보다 말이 편할까? 잘 들어주는 내게 정제되지 않은 이야기를 뱉어내고 싶을까? 어떤 낱말과 문장이든 환영이다. 다만, 새벽 두 시에 결혼을 알리기 위한 카톡은 아니었으면 좋겠다. 나는 언제쯤 필요와 쓸모를 다할까? 그때도 지금도 내게 남은 것은 사랑뿐이다. 그러니 언제라도 나의 시간을 당신 것인 양 빌려 가도 괜찮다.

응원합니다

너는 나를 진정으로 응원할 줄 아는 사람이야. 그것에 감사해. 그냥 그것만으로도 내겐 큰 의미야. 낯선 경험이야. 가끔 갑자기 연락해도 괜찮아. 일방적인 부탁도 물론이야. 모든 행동에는 이유가 있을 거라고 짐작만 해. 우리 그렇게 모질게 굴진 말자. 마음껏 그리워하고 안부를 전하자.

많은 것들이 변했어. 세상은 빨리 돌아가지만 나는 가끔 멈춰서 느리게 추억해. 주변이 온통 낯선 것들로 가득하지만 이것도 나쁘진 않아. 여기저기 헤집고 다니지만, 별다른 건 없는 것 같아. 새로운 곳은 곧 익숙한 곳이 된다는 걸 잘 알고 있잖아. 친구를 잃는다는 건 아쉬운 일이야. 제대로 선택하고 힘을 쏟는 어른을 만나는 건 희귀한 경험이야. 가끔 많이 지치고 혼란스러워. 약을 먹어야 하나 상담을 받아야 하나 고민해. 그러다 다시 괜찮아지면 주위에는 아무도 없어. 그럴 땐 다시 주절주절 이야기를 나누고 싶어져.

글과 음악은 나의 시절을 얼마나 채우고 있을까? 젊은 날은 멋지게 기록되고 있는 걸까? 적어도 바르게는 기억되고 있을까? 잘 모르겠어. 그럼에도 글을 쓰고 싶고 음악을 만들고 싶어. 수많은 처음이 지나가고 있어. 그 속에서 많은 것을 놓치고 살아. 그건 앞으로도 크게 다르지 않을 거야. 그래도 괜찮아. 너는 나를 진정으로 응원할 줄 아는 사람이야. 그것에 감사해. 그냥 그것만으로도 내겐 큰 의미야.

행복의 조건

일주일에 무려 세 번이나 만난다. 화요일과 목요일과 일요일을 함께 한다. 38살이 24일 남은 내게 평일 저녁의 일상을 함께한다는 건 정말 행복한 일이다. 일요일 오후의 만남은 따뜻하다. 저녁이 되면 헤어져야 한다는 사실이 만남부터 머릿속 한 켠에 머문다. 언제쯤이면 헤어지지 않아도 될까? 아마 영영 헤어지면 헤어지지 않아도 괜찮겠지. 온전하게 일요일 오후를 함께 보내는 건 소중하다. 매번 가깝지 않은 거리를 오가며 아깝지 않은 시간을 보낸다. 시간은 소중하고 알뜰살뜰히 그러모아도 그저 한 줌이다. 그마저도 몰입하면 '순간'이다.

좋은 에너지만 주고 싶다. 함께할 때 행복하냐고 자꾸 묻고 싶었던 이유는 무언가 괜찮지 않다고 느껴서였을 거다. 괜찮은 사람이고 싶다. 문득 '그때 우리의 해방은 글쓰기였을까?' 생각한다. 그때는 해방이었고 지금은 일상이다. 요즘은 '매일 쓸 수 있을까?' 고민하지 않는다. 진짜 어느 정도 해방되었나 보다. '죽지 않고 매일 잘 살 수 있을까?' 더 자주 고민한다. 지겨움을 회피하려 행복을 핑계 삼아 숨는 걸지도 모르겠다. 영원한 형벌은 없다. 애가 탈 땐 이런 식으로 표현하면 쉽다. '시절은 또 바뀌었다.'

꽃

시절 인연. 모든 인연에는 오고 가는 시기가 있다. 적당히 멀어지고 가끔 이어진다. 멀리서 지켜보고 조용히 응원한다. '억지 노력으로 인연을 거슬러 괴롭히지는 않겠소.' 노랫말을 주문처럼 되뇐다. 함께 좋은 시절을 보낸 것만으로도 참 감사하다.

생의 감각. 나는 또 빛나는 순간을 되새긴다. 소중함을 일깨운다. 꽃이 피고 꽃이 진다. 무더기로 피었다가 이내 자취를 감추는 것들. 오는 사람은 내게로 오고 가는 사람이 다 내게서 간다. 순간의 아름다움도 언제나 나의 몫이다. 나는 나의 삶을 사랑한다.

행복하자 아프지 말고

전화기 너머 떨리는 목소리를 듣자마자 울컥 눈물이 났다. 별다른 이야기를 하지도 않았지만, 그냥 느껴졌다. '많이 지쳤구나. 무슨 일이 생겼나 보구나.' 짐작할 뿐이다. 가만히 너의 말을 들으며 조용하게 대답하고 고개를 끄덕인다. 내가 짐작할 수 없는 이야기, 어디서부터 어떻게 이야기해야 할지 몰라 가만히 듣기만 한다. 50분 넘게 이어진 통화에서 나의 근황은 끊기 전 몇 분 정도. 위로가 되었다는 너의 말에 괜히 또 울컥한다. 우리는 좀 더 서로의 마음을 살피고 자신의 마음을 사랑할 수 있는 상태로 바뀌어야 하겠지. 가끔 삶은 강박이 되고 죽을 것 같지만, 또 아무 이유 없이, 별다른 욕심 없이 순수하게 잘 살아내고 싶어지기도 하니까. 그러니 우리 초라해지지 말자. 행복하자. 아프지 말고. 행복하자. 너도, 나도.

마냥 주어지는 행복

오랜 고립 끝에 깨닫게 되는 것은 꽤 선명하다. '세상에 당연하게 주어지는 행복은 없다.' 3루에서 출발했다고 해서 수월하게 홈에 들어오는 것도 아니고, 1루에서 출발했다고 해도 부지런히 뛰어서 홈을 밟기도 한다. 실내 인간, 노력 없이 즉각적으로 채워지는 쾌락은 사회로부터 존재를 고립시킨다. 지금의 노력과 행복 추구가 앞으로 사회에서 어떤 의미를 가질 수 있을까 고민한다. 착할 선, 임금 제. 이름 따라 사는 삶에 대해 생각한다. 가끔은 너무 뻔한 것 같기도 하고 또 가끔은 너무 무겁게 느껴진다. 선한 영향력을 좇아왔지만 이게 내 옷이 아닐지도 모르겠다 느낀다. 제법 무겁게 살아왔던 것 같다. 그럴 때마다 혼자 버거워하기도 하고 극기심 없이 낭만에 쉬어가기도 한다.

나를 응원해 주는 당신의 부재는 나를 늘 예전의 나와 비교하게 만든다. 좋았던 나도, 좋지 않았던 나도 모두 불러낸다. 그날의 기분에 따라, 컨디션에 따라 무수히 많이 존재했던 하나의 나를 불러내어 지금의 나와 비교한다. 뭐 물론 모두 나였겠지만 말이다. 괜히 더 심각해지지 않으려 한다. 상념은 잠시 접어둔다. 당신의 말처럼 이전의 선제를 그냥 몽땅 다 불러내어 테이블에 둥그렇게 앉혀놓고 밥이나 한 끼 먹으려 한다. 물론 모두 깨작깨작 먹겠지만. 나는 당신과 느리게 향유하면서 자유의지를 회복한다. 목적이 먼저인지 원인은 핑계인지 아직 잘 모르겠지만, 적어도 불안과 공포를 지어내지는 않는다. 핑곗거리를 만들기 전에 빨래를 하고 설거지를 한다. 당신의 고요함이 흐트러지지 않도록 나는 오늘도 서두르지 않는다. 표류를 멈추고 조금 늦은 항해를 시작하려 한다.

사랑 사랑 사랑 그리고 사랑

•

love is all

사랑이 전부인 순간을 떠올린다. 누군가 한 사람만 사랑해야 한다면, 그건 내가 아닌 다른 사람일 수 있을까? 오래전부터 이러한 의문은 내 발목을 잡아 왔지만, 이제는 그것으로부터 꽤 자유로워졌다. 의미에 갇히기 전에 먼저 사랑으로 충만하게 채우자. 밤늦게까지 떠들고 마시면서 마음을 나누자. 그래, 사랑이 전부인 거야.

가난한 사랑

큰 실망 없이, 상실의 실감 없이 흘러온 내 사랑의 역사는 네 덕인가 내 탓인가. 얼마 남지 않은 친구의 수와 낡은 취향은 내 가난한 사랑의 방증인가. 기술보다는 예술에 가까워지고 싶었는데 지금 내게 남은 건 자잘한 기술 몇 가지뿐. '사랑 따위는 하지 않고 살면 얼마나 좋을까?'라며 또 마음에도 없는 소리를 내뱉는다.

젊은 우리 사랑

젊은 우리 사랑은 수많은 모방과 코스프레를 낳는다. 대화의 기회는 제거된다. 서로를 향한 충분한 고려가 결여된다. 몰이해를 유발한다. 그래도 별 상관은 없다. 결핍과 가치는 자주 상생한다. 무지의 상태에서도 서로를 귀신같이 알아본다. 서로 무엇인가 원하면서도 무엇 때문에 원하는지 잘 모른다. 그저 포도를 발효시켜 증류한 액체에 의존하는 실정이다. 꽤 시시하고 꽤 불행하다.

우리는 순수한 열정으로 어리석음을 빚어낸다. 서로의 몸을 싣고 공개와 비공개 사이의 경계를 줄타기 한다. 나의 귀는 거짓에 익숙하고 나의 눈은 진실을 말한다. 뜨겁게 사랑한다. 그리고 마침내 사랑의 열병으로 현실의 고통에서 벗어난다. 이유를 따지지 않고 악착같이 빠져든다. 돈이나 명예 따위를 이야기하는 것은 멍청하다. 나의 입은 거짓에 익숙하고 나의 손은 진실을 말한다. 꽤 잔인하고 꽤 로맨틱하다.

기간제 사랑

기준에 따라 판정하지 말고 그냥 내 이야기를 들어줬으면 좋겠어. 잘잘못을 가려 심판하지 말고 그냥 내 이야기를 들어줬으면 좋겠어. 그냥 내 말에 귀를 기울여줘. 그거면 돼. 판정도 심판도 없이 나는 조용히 당신의 이야기를 듣는다. 그냥 들었다. 그러다 그것이 '너를 사랑하지 않는다.'라는 의미로 받아들여질지도 모르겠다고 생각한다. 나는 결국 불편함을 참지 못하고 가난한 마음을 뒤져 어설픈 정답을 말한다. 그 순간 나의 정답은 당신의 오답이 되었다. 동시에 우리의 사랑에 유통기한이 표기되었다.

'딱 겨울까지만 사랑해야지.'라고 선을 그어 놓은 듯한 당신의 말과 행동을 눈치챈다. 기간제 사랑, 더 이상 당신의 사랑을 이해할 수 없게 되었을 때 갑자기 울음이 터졌다. 사랑이 없는 자리에 대화는 뼈다귀만 남았다. 이때다 싶어 판정과 심판만 비계처럼 덕지덕지 붙었다.

내게 자리의 유지보다 중요한 건 당신의 부재, 공간의 차지보다 중요한 건 사랑의 존재. 사랑의 소멸로 유지되는 비밀스러운 사랑. 고독한 사랑, 비밀스러운 사랑. 현실에 지칠 때 매번 비현실적인 것으로 마음을 달랬다. 이번엔 조금 다르다. 철저히 현실적인 해결책을 찾는다. 일상을 정확하게 살아내면서 현실을 깨닫는다. 우리 사랑의 유통기한은 끝났다.

love is all

사랑이 전부인 순간을 떠올린다. 내 행동의 원인이 그냥 사랑 하나로 수렴하는 순간을 떠올린다. 가감 없이 서로를 드러내고 과감하게 사랑을 표현한다. 뒤를 생각하지 않고 마음을 나눈다. 서로의 우주는 사랑으로 가득 찬다.

생각해 보면 참고 주저했던 마음이 나를 좀 더 정상적으로 보이게 만든 건 아니었던 것 같다. 궁금증이 생기면 적극적으로 묻고 답을 얻었다. 평범하지 않은 각자의 삶에 그럴싸한 핑계를 찾아가는 과정이 흥미로웠다. 그래서 시간이 갈수록 점점 상대에게 충실하게 되었다.

사랑이 전부인 순간을 떠올린다. 내가 키웠던 사랑은 지금 몇 살쯤 되었을까? 잠깐 한눈을 판 사이에 다시 어린아이가 되지는 않았을까? 사랑이 늘 성숙한 방향으로 나아간다는 보장은 없지만 한순간에 모두 사라지는 것도 아닌 것 같다.

사랑이 전부인 순간을 떠올린다. 누군가 한 사람만 사랑해야 한다면, 그건 내가 아닌 다른 사람일 수 있을까? 오래전부터 이러한 의문은 내 발목을 잡아 왔지만, 이제는 그것으로부터 꽤 자유로워졌다. 의미에 갇히기 전에 먼저 사랑으로 충만하게 채우자. 밤늦게까지 떠들고 마시면서 마음을 나누자. 그래, 사랑이 전부인 거야.

행복의 주문

행복하다.

아침잠이 없는 나는 이른 새벽, 잠에서 깬다. 커피를 한 잔 내리고 책을 집어 든다. 두 시간 뒤 일어난 너와 함께 광안리 해변을 달린다. 나란히 달리면서 서로의 사진을 찍는다. 사진을 찍기 전 경건하게 가르마를 체크한다. 사진은 흐리지만 내 미소는 또렷하다. 행복하다.

간밤에 비가 와서 촉촉하다. 환기, 상쾌한 공기가 느껴진다. 다 마셔버려야지. 나른해지는 기분을 만끽하는 중이다. 바보처럼 웃으면서 여유를 즐긴다. 길어진 하루를 사랑한다.

사랑하자.

우주 속 지구라는 작은 점 안에서 한낱 티끌로 존재하는 나는 무엇을 위해 투쟁하며 살고 있는가? 앞으로 펼쳐질 순간이 결코 낭만적이지 않은, 황량하고 외로운 사막일지라도 유머를 잃지 않아야지. 환상을 벗겨내고 들춰진 자리에서도 이해를 포기하지 않아야지. 사랑해야지. 온 힘을 다해 사랑해야지.

낭만에 대하여

번복

가을이다. 바람이 분다. 남은 하루를 망치고 싶은 날씨다. 활자가 잘 읽힌다. 다행이다. 가을은 독서의 계절이라더니 순 뻥은 아니다. 거칠게 몰아치던 여름의 파도는 제법 잔잔해졌다. 삶의 이유마저 몰아갈 듯 무섭게 성을 냈지만 막상 아무것도 멀어지지 않았다. 천고마비의 계절, 하늘은 높고 나는 살찐다. 늘어난 뱃살은 징그럽고 눈가의 주름살은 깊은 존재감을 과시한다. 자존감을 채우기에는 하늘이 너무 높다.

번복이 싫다. 반복되는 번복이 지겨워서 모든 선약을 파괴하고 싶은 충동이 든다. 일정이 꼬이는 게 싫어서 일정을 아예 비워둔다. 성실에 이어 고독은 제2의 천성이 되었나. 굳이 내뱉을 필요가 없는 말들은 모두 집어삼킨다. 무응답이 가장 확실한

응답이다. 침묵의 순간들이 모여 말의 무덤을 이룬다. 무덤 앞에서, 어떠한 명예도 트로피도 없다. 무덤 앞에서, 살아생전 한 번도 뱉은 적이 없는 오해들을 마주한다. 무덤 앞에서, 나는 공손하게 두 손을 모으고 다시 침묵으로 일관한다. 무덤 앞에서, 아무짝에도 쓸모없는 변명은 넣어둔다.

번복하고 다시 번복한다. 나도 번복이고 너도 번복이다. 번복범벅이다. 흘러가는 심심풀이 땅콩 같은 것. 하루 8알의 구운 아몬드 같은 것. 4가지 맛의 초콜릿 같은 것. 팥사탕 같은 것. 그릭데이 시그니쳐 요거트 같은 것. 12g 딸기잼 같은 것. 극악의 가성비는 좋은 먹잇감이 된다. 관계 유지를 위해 더 이상 무엇도 지불하지 않게 된다. 역시나 무언가를 진심으로 원한다는 건 굉장히 번거로운 일이다.

충분 조건

요즘 부쩍 안정감을 느낀다. 조각조각 자잘하게 구획을 나눈 시간은 개별적인 일정으로 빽빽하지만, 삶의 만족도는 그 어느 때보다 높다. 외부의 자극은 거세지만 내 안은 한없이 평온하다. 납득할 만한 가치에 따라 바삐 움직인다. 그거면 충분하다. 어떤 선택을 하느냐가 얼마나 중요한지를 새삼 크게 깨닫는다. 이러한 깨달음은 타인의 행동을 완벽히 이해하려는 무모함도 멈추게 한다. 내가 아무리 노력한다고 하더라도 이해하지 못하는 순간이 존재하기 마련이다. 이해도 오해도 나의 영역 밖이라 치부한다. 다만 부지런히 긍정적 변화를 검토할 뿐이다. 결국 모든 것은 변하고 나 역시 변화를 희망한다. 따라서 누구를 탓하기보다 그만큼 신중하게 선택한다.

언제든 정말 괜찮은 사람을 만난다면 넉넉하게 집중하고 싶다. 시간을 들이붓고 한없이 나태해지고 싶다. 함께 흐르는 시간을 깊고 맑게 쓰고 싶다. 본능적으로 나와 비슷한 결이라면 충분히 누리고 싶다. 당신은 세상의 모든 행복을 누릴 자격이 있고 충분히 매력적이다. 내가 나눌 수 있는 모든 선택권을 양도하려 한다. 잘게 쪼개놓은 시간의 조각을 몽땅 허비해도 괜찮다. 적은 선택지 때문에 고민할 필요가 없다. 좁은 선택이 주는 행복함에 감사하기 그지없다. 나는 보통 그런 것에 본능적으로 끌린다. 가치를 느끼고 충분히 집중한다. 함께라면 충분하다.

티키타카

'특별하지 않아서 부담되지 않고, 어설프지 않아서 위로가 된다.'라는 너의 말을 기억한다. 상실의 세대에서 내가 원하지 않았던 경쟁은 비로소 잦아든다. 사라져 버린 나 자신과의 대화는 그 눈금을 조금씩 채워간다. 눈금이 모두 채워지는 순간, 나는 온전히 내가 되어, 또 너와의 대화를 시작한다.

훗날 나의 쓸모가 모두 사라지더라도 쓸모를 다시 찾기 위해 내가 원하지 않는 모습으로 되감기 할 필요는 없다. 나는 너를 통해 새로운 쓸모를 발견한다. 그것으로 충분하다. 너와 나의 통찰은 비슷한 곳을 향하고, 비슷하지만 우린 다르고 또 잘 모른다. 우리는 서로의 영역을 함부로 침범하고 정리 없이 엉킨다. 감정에 취해 이곳저곳 자주 선을 넘는다. 날이 선 신경들은 '사랑해.'라는 말로는 차마 다 담아내지 못하는 마음들을 전달한다. 티키타카, 공은 빠른 속도로 너와 나 사이를 넘나든다. 우리는 패스의 속도를 죽이지 않으면서 침착하게 의미를 전달한다. 골은 터지지 않았지만, 경기는 어느 때보다 흥미진진하다.

불쾌한 골짜기

길을 잃었다. 잠시 멈춰 주위를 살핀다. 어디로 가야 할까. 심장이 빠르게 뛴다. 숨이 잘 쉬어지지 않는다. 당황한다. 인내심의 한계를 느낀다. 하루가 계획대로 살아지지 않는다. 마음은 또 왜 이리 급한 걸까. 이런 내가 싫다. 괜히 서러워진다. 상승과 하강의 반복이 만들어내는 불쾌한 골짜기를 마주한다. 외골수도 예술병도 아니다. 현실이다. 지금 내가 마주하고 있는 것은 나와 닮았다. 그것은 나를 향한 분노일까 아니면 나에 대한 두려움일까. 요동치는 감정의 동요를 애써 잠재우고 다시 천천히 걷는다.

사랑은 다른 차원이다. 시작되는 순간 전혀 새로운 국면을 맞이한다. 지금껏 내가 살아온 하루와는 전혀 다른 궤도에 진입

한다. 일방적일지라도 관계를 유지할 힘이 생긴다. 인내심을 가지고 기다릴 수 있다. 함께라면 한가함도 나태함도 용인된다. 어쩌면 사랑은 나태해지기 위한 가장 좋은 핑곗거리 같다. 외골수도 예술병도 용서가 된다. 하지만 당연하게도 매번 희망만 존재하지 않는다. 한때는 보기만 해도 몸이 달아올랐던 연인에게서 언제든 버려질 수 있다. 썩 유쾌하지 않다. 진실은 꽤 불편하다. 그럼에도 희망하고 사랑해야지. 어쩔 수 없다. 그게 내 진심이다.

표면적인 관계에서도 위로받는다. 당연하다. 나에 대해 아는 것들이 빙산의 일각일지라도 괜찮다. 그것 역시 선제다. 나도 타인에게 마찬가지다. 고백의 과정 없이 직관하는 것들도 소중하지만 100문 100답처럼 조금 멋없이 캐묻는 것들도 나를 살게 하니까. 한 조각 한 조각 수집하다 보면 수면 아래 잠겨있는 서로를 마주하게 될지도 모를 일이다. 이기적인 사람이 불쾌하지는 않다. 오히려 지나친 배려가 나를 지치게 한다. 나도 온통 내 생각뿐이다. 우리는 꽤 많이 닮았다.

보고싶다

보고 싶다. 누군가 보고 싶다. 혼자 있기가 싫다. 그냥 혼자 있기가 싫다. 감사하다. 나와 함께한 당신에게 감사하다. 눈물이 난다. 괜히 찔끔 눈물이 난다. 살고 있다. 아주 잘 살고 있다. 노래를 부른다. 라라라 흥겨운 노래를 부른다. 시간이 모자란다. 내게 허락된 시간이 모자란다. 시간이 필요하다. 충분히 대화를 나눌 시간이 필요하다. 슬쩍 흘려보낸다. 서운한 마음은 슬쩍 흘려보낸다. 마음을 전한다. 문득 떠오른 고마운 마음을 전한다. 네가 밉다. 가끔은 네가 밉다. 음악을 만들고 싶다. 올해를 마무리할 음악을 만들고 싶다. 추억하고 싶지 않다. 당장은 그 무엇도 추억하고 싶지 않다. 당신이 느껴진다. 사랑하는 당신이 느껴진다. 보고 싶다. 당신이 보고 싶다. 당신이 너무나 보고 싶다.

드라이 플라워

정기적으로 무언가를 수집하는 일이 멋져 보였다. 2주에 한 번 배달되는 꽃들은 향기로움을 더했다. 꽃은 곧 시들었지만, 또 새로운 꽃이 배달되었다. 새로 배달된 꽃으로 집안을 향기로 가득 채우면 문제는 또 해결된다. 그러나 내가 건넨 마른 꽃은 이미 오래전에 향기를 잃었다.

향기와 색을 잃을 바에는 다시 필 날을 꿈꾸며 시들어 버리는 쪽을 택한다. 겨울이 지나면 이제 더 이상 마른 꽃을 건네며 따뜻한 봄의 아라시야마를 상상할 수는 없겠지. 후회하지도 아쉬워하지도 않는다. 그냥 감사할 뿐이다. 감사하다. 감사한 마음을 전하기 위해 나는 또 마른 꽃을 건넨다.

형식적으로 누군가를 비난할 생각은 없다. 누구나 자기의 환상을 좇는 것일 뿐이다. 생각해 보면 나 역시 누군가를 붙잡기 위해 수없이 많은 거짓 노래를 불렀다. 나는 수많은 나를 증오한다. 마치 스위치를 껐다 켜듯 가볍게 잊어버린다. 반복되는 기시감이 나를 괴롭힌다. 쓸데없는 곳에서 또 쓸데없이 불이 피어올랐다가 이내 사그라진다. 예외는 없었다. 나는 또 술에 취한 것 정도를 참회한다. 숙취에서 겨우 깨어난 나는 또다시 마른 꽃을 건넨다.

와인

퉁! 묵직한 소리를 내며 코르크 마개가 열린다. 마개를 여는 것도 첫 번째 향을 맡는 것도 모두 당신에게 양보한다. 몽땅 다 줬다. 와인을 반쯤 따라두고 천천히 이야기를 나눈다. 이야기는 생각보다 길게 이어지고 우리는 또 하루 빠르게 늙어간다. 그 사이 와인은 아무 말도 없이 공기와 만나 부지런히 알코올을 날리고 화사한 향을 발한다. 그렇게 또 시간은 조용히 존재감을 드러낸다. 대화에 한창 물이 올랐을 때 당신은 잔을 들어 천천히 돌리기 시작한다. 마치 아무 일도 없다는 듯이 무심하게 원을 그린다. 잔의 표면에서 와인은 슬프게 흘러내린다. 마랑고니, 와인의 눈물이다. 눈물이 쉽게 짙어질수록 향기도 빠르게 피어난다. 건강한 자격지심, 당신은 오늘도 불안정함 속에서 안정을 피워 낸다. 나를 베어내고 길을 터 보이면 사뿐히 가라앉으려나. 함께 하지 못하는 시간이 너무 커 보인다. 다 티가 난다. 생기가 좀처럼 생기지 않는다. 차마 뱉어내지 못한 말들만 잔 속에 가라앉았다. 여름내 숙성된 풍미는 좀처럼 가라앉지 않는다.

이면

눈앞이 캄캄하다. 천장과 바닥과 벽의 경계가 모호해진다. 그 속에서 나는 점점 작아지고 작아진다. 좁은 방구석에 웅크리고 앉아 철저히 나를 숨긴다. 결국 또 끝이 났다. 꼬르륵, 서글픔과 상관없이 몸은 정직하게 반응한다. 샤워를 하기 위해 몸을 일으킨 순간 휘청거린다. 허기를 지우기 위해 홀린 듯이 음식을 배달시킨다. 5인분은 먹을 기세로 주문했는데 0.5인 분도 먹지 못하고 포기한다.

사람들로 북적이는 카페에서 대화를 주고받는다. 목소리는 점점 커진다. 순간 연극 무대의 주인공이 된 기분이다. 너와 나를 제외한 세상은 그저 무성영화의 한 장면처럼 소리 없이 지나간다. 나는 가끔 멍청해서 너의 농담을 알아듣지 못한다. 아무리 크게 잘 들려도 그 의미를 이해하지 못한다. 그러나 말이 통하지 않아도 사랑은 한다. 읽어내지 못해도 사랑을 한다는 게 그저 재밌다. 너는 가끔 무심해서 십 년을 넘게 앓아 온 나의 고민을 쉽게 재단한다. 그 말이 괜히 간질거린다. 묵혀 온 세월 탓인지 오래된 고민에서는 구린내가 풍긴다. 고민을 나누지 못해도 사랑을 한다. 측정하지 않아도 사랑의 눈금을 나타낼 수 있다는 게 신기할 따름이다.

핑퐁

당신과의 전화 통화가 좋았다. 상냥한 말투에 차분한 어조는 나를 전혀 조급하지 않게 했다. 매번 한 시간이 넘는 대화에도 집중할 수 있어서 좋았다. 충분히 투명해져도 괜찮았다. 핑퐁, 나의 솔직함은 당신에게 어떤 책임을 전가했다. 핑퐁, 당신의 호기심은 나에게 보편의 기준을 세웠다. 핑퐁, 핑퐁, 공은 우리 사이를 부지런히 왔다 갔다. 어느 순간 우리는 넘어오는 공을 부담스러워하기 시작했다. 나는 세게 움켜쥐었던 채를 슬쩍 놓았고 당신은 공을 주머니에 숨겼다. 테이블 위는 땀으로 젖었고 우리는 마른 수건으로 황급히 테이블을 닦았다.

인제 와서 이런 고백을 하는 내가 좀 비겁하다는 생각이 든다.

만남을 이어가면서 당신은 지쳤고 내게 실망했다. 애써 괜찮은 척했지만 괜찮지 않았다. 결국 이별을 가늠하는 당신의 주저를 모르는 체했다. 멀쩡한 척하고 싶었지만 멀쩡해지지 않았다. 그럼에도 꽤 오랜 시간 멀쩡하게 당신을 마주했다. 그건 전적으로 당신 덕분이었다. 발버둥을 치면서 어떻게든 살아보려고 버텼다. 그런 내가 가여웠는지 생은 또 기회를 준다. 핑퐁, 사라졌던 공이 시야에 잡힌다. 자세를 바로잡고 다시 공을 정면으로 응시한다.

사랑의 원점

당신의 공간에 처음 초대받은 날입니다. 도착하기 전부터 이미 저의 마음은 천장 가까이 둥둥 떠다닙니다. 억지로 바닥에 가라앉히려 할수록 잡히지 않는 마음은 위아래로 요동칩니다. 첫발을 내딛는 순간 깨닫습니다. 당신과 나 사이에 새로운 원점이 찍혔다는 것을.

편한 옷으로 갈아입고 커피를 내리는 모습이 꽤 자연스럽습니다. '마이 블루베리 나이츠'를 보면서 마시는 위스키 한 잔은 꽤 달콤합니다. 한낮의 태양이 비치는 자리에 붙어 있는 노란색 포스터는 꽤 오래 반짝였고 하루가 저물어 갈 때 창밖의 주황빛 조명은 그날의 밤을 성실하게 밝힙니다. 당신의 품에 안겨 잠이 들었다가 코 고는 소리에 다시 깹니다. 침대 바닥에

납작 엎드려서 귀여운 소리에 집중합니다. 간지러운 소리는 이내 그쳤지만, 여운은 오래도록 이어집니다. 마음속은 아름다운 문장들로 가득 찹니다. ‘빠짐없이 행복합니다. 압도적으로 행복합니다. 통째로 사랑합니다.’

그날 당신의 공간에서 채운 평화는 나를 나로서 존재하게 합니다. 비록 당신은 지금 내 곁에 존재하지 않지만 나는 언제든지 그날 그 자리로 돌아갈 수 있습니다. 그렇게 나는 당신에게 사랑의 원점을 선물 받았습니다. 감사합니다.

고요하게 이별하기

•

시절은 저물었다

당신의 주위에 트리처럼 머물렀다. 사계절을 거실에 머물렀지만, 시즌에 어울리게 반짝였던 건 잠깐이었다. 다시 봄이 왔고 나는 치워지지도 못한 채 반짝임을 멈추었다.

잠들기 전

어제 밤 잠들기 전, 이별을 생각했다. 그 전날 밤 잠들기 전에도 이별을 생각했다. 그 전날 밤 잠들기 전에도 이별을 생각했다. 이별을 생각하기 전날 밤 잠들기 전에도 이별을 생각했다. 언제부턴가 내 주위에는 만남보다는 이별이 많다. 자연스럽게 내 생각도 만남보다는 이별 주위를 맴돈다. 잠들기 전 포근한 이불 속 안락함에 취해 마음껏 이별을 떠올린다.

나와 함께한 시간이 끝난다. 너와 함께한 시간이 끝난다. 우리가 함께한 시간이 끝난다. 봄이 지나가고 여름이, 가을이 지나가고 겨울이, 겨울이 지나가고 다시 새봄이 온다. 한 해가 지나가고 새로운 해가 온다. 만남이 있고 이별이 있다. 만남은 적게 있고 많은 이별이 있다.

이렇게 많은 이별은 과연 어디에서 왔을까? 이별의 수만큼 만남도 분명 존재했을 텐데, 쉽게 헤아려지지 않는다. 만남과 이별이 제로섬의 게임이라면 난 묵묵히 지금의 이별을 받아들여야 하겠지? 각오는 하고 있지만 섭섭한 건 매한가지다. 뾰족한 수가 없다.

이별하는 중입니다

그 사람을 정리하고 온전히 나에게 집중하기가 쉽지 않다. 나는 얼마만큼을 주고 얼마만큼을 받았을까? 가늠되지 않는다. 친구는 말한다. 생각이 나면 생각이 나는 대로 충분히 생각하고 흘려보내면 된다고. 하지만 그것도 쉽지 않다. 나는 얼마만큼을 흘려보내야 비로소 괜찮아질까?

지금 나에게 가장 절실한 건 무엇일까? 나를 지지해 주는 가족들과의 저녁 식사 자리일까, 힘내라고 토닥여 주는 친구와의 술자리일까, '사랑은 다른 사랑으로 잊혀지네.' 노랫말처럼 새로운 사람과의 만남일까. 모두 다 그럴듯하지만, 어딘가 어설퍼 보인다. 마음이 소란하다.

고요가 절실하다. 온전히 나에게 몰입할 수 있는 시간이 간절하다. 그 속에서 나는 부지런히 읽고 쓴다. 나는 나와 만나서 차분하게 대화를 나눈다. 고요가 절실하다.

무용지용

사소한 일로 다퉜다. 일주일 만에 연락이 온 그녀는 잠깐 만나자고 했다. 목소리를 듣고 이별을 직감했다. 여유롭게 준비하고 집을 나선다. 거리는 고요했고 나는 괜히 천천히 걷고 싶었다. 좀 더 천천히 마지막 순간을 마주하고 싶었다. 아는 길을 돌아서 약속 시간보다 30분 늦게 도착했다. 카페에 들어가니 음악 소리와 이야기 소리가 섞여 시끄러웠다. 집중이 잘되지 않는다. 네모난 대리석 테이블 위에는 커피 두 잔이 놓여 있었다. 미지근하게 식어버린 에스프레소 한 잔과 얼음이 다 녹아버린 아메리카노 한 잔. 그 앞에 그녀가 앉아 있었다.

'얼굴 보고 마지막 이야기를 하고 싶었어.'라고 말하는 그녀의 입꼬리가 묘하게 올라갔다. 그녀는 '미안하다.'라는 말을 반복해서 했다. 나는 그때마다 '괜찮다.'라고 답한다. '멀쩡히 혼자 잘 지내는 사람을 괜히 흔들어 놓은 것 같아.'라고 말하는 그녀의 눈매가 미묘하게 처져 보인다. 나는 또 '괜찮다.'라고 답한다. '괜찮다, 정말 괜찮다. 나를 알아봐 줘서 감사할 따름이다. 그 시절만으로 충분하다. 괜찮다, 괜찮다.' 나는 속으로 대답한다.

에스프레소를 한입에 털어 넣고 자리에서 일어난다. 떨어지지 않는 발걸음을 뒤로하고, 카페를 나선다. 소음은 사라지고, 거리는 여전히 고요하다. 발걸음이 무겁다. 하지만 나는 온 힘을 다해 뚜벅뚜벅 걸어간다. 나는 오늘도 쓸모를 다했다. 나의 오늘은 쓸모를 다했다. 나는 또 이렇게 하루의 값을 매긴다.

허기

마음속 허기가 진다. 확실히 컨디션이 안 좋다. 이런 날은 생각을 멈추고 일찍 자야 하는데 꼭 평소보다 잠에 잘 들지 못한다. 내일도 모레도 또 제자리를 맴돌 것 같다는 느낌을 지울 수 없다. 시간이 좀 더 지나 다시 컨디션이 괜찮아지면 지금의 우울도 옅어지겠지. 그리고 이 글은 새로운 증거로 남아 극복의 사례로 미화되겠지.

다시 마음속 허기가 진다. 너무 쉬운 무례와 생각보다 어려운 배려가 빠르게 스쳐 간다. 혼란스럽지는 않다. 다만, 그냥 오늘은 그게 참 견디기가 힘들다. 불안한 마음은 나를 들뜨게 하고 나는 그만큼 집중하지 못한다. 무주의 맹시, 편향된 시선은 판단을 흐리게 한다.

마음속 허기가 진다. 이별은 고통스럽고 사랑은 어렵다. 심리적 거리를 철저히 유지한다. 퍼스널 스페이스, 딱 그 정도 거리를 위성처럼 맴돈다. 지질한 마음은 숨기고 별것 없는 푸념만 괜히 내뱉는다. 시시콜콜한 이야기와 실없는 농담이 필요하지만 지금 내 곁엔 없다. 발 뻗고 누워 주황빛 가로등에 대고 생각들을 하나하나 지워본다.

텅 빈

북적이는 공간에서 충전했던 에너지가 일순간 텅 비어 버린다. 방전이다. 번거롭게 채워 넣었는데 쉽게 비어 버린다. 눈앞에 존재하지 않는 존재를 떠올리면 눈앞이 캄캄해진다. 한낮의 눈부심은 주위를 밝히지 못했고 내 눈은 그대로 멀어버린다. 어지럽다. 외로움은 어디에서 와서 어디에 머무는가. 어딘가에 머물렀다가 어디로 흘러가는가. 지겹도록 외로움과 싸우는 중이다. 동시에 그 모든 것들로부터 소외되기 위해 발악하고 있다. 나는 떠났고 또 나만 남았다.

친구가 되어주는 것은 쉽지 않다. 많은 것을 배려하지만 어떤 것에서도 자유롭지 못하다. 잔인한 구석이 있다. 다르고 다양해서 더 어렵다. 텅 비었다. 그럼에도 매일은 비슷비슷하게 흘러간다. 어김없이 오늘도 성실하게 살아내지만 뾰족한 수는 없다. 시간은 나보다 훨씬 더 성실하게 흘러간다. 텅 빈 느낌을 지울 수 없다. 네 탓이 아니다. 내 탓도 아니다. 어쩔 수 없으니 겸허하게 받아들일 뿐이다. 나는 떠났고 또 나만 남았다.

혼자

혼자 일어나고 혼자 잠든다. 혼자 밥을 먹고 혼자 술을 마신다. 혼자 음악을 듣고 혼자 음악을 만든다. 혼자 책을 읽고 혼자 글을 쓴다. 혼자 하면 편하다. 날 것의 나로 돌아간다. 내 속에 내가 너무도 많아 함께할 때면 적당한 가면을 쓴다. 페르소나는 꽤 잘 기능하지만 피곤한 건 매한가지다. 혼자라면 굳이 번거롭게 그것들을 꺼내지 않아도 된다. 그래서 편하다. 혼자가 익숙하다.

스스로 만족하는 삶을 살고 싶다. 하지만 그것은 쉽지 않다. 마음에 드는 깊이를 갖는다는 것은 보다 깊은 수고를 요구한다. 매몰되지 않는 것이 중요하다. 그러기 위해서는 당신이 필요하다. 당신의 피드백은 감사하다. 그것은 나를 하루 더 살게 한다. 때로 완전히 무너트리기도 한다. 날 것의 나를 드러내는 두려움이 크다. 하지만 핵심은 드러내는 것의 문제가 아니다. 보이는 것도 보이지 않는 것도 만족스럽게 채우지 못한 나의 문제가 크다. 꽉 채우겠다는 욕심은 이미 오래전에 버렸다. 그저 물처럼 흐르는 유연한 사람이 되고 싶다.

가끔 함께한다. 함께 잠들고 함께 일어난다. 함께 술을 마시고 함께 밥을 먹는다. 함께 노래를 부르고 함께 음악을 듣는다. 함께 글을 쓰고 함께 책을 읽는다. 생활의 파편들은 금세 커다란 덩어리로 뭉쳐져 삶에 의미를 부여한다. 결국 나를 응원하는 마음이 나를 살린다. 주로 내가 되고 가끔 당신이 되기도 한다. 오늘도 당신은 나를 찾아주지 않았지만 나는 나를 응원하며 조용히 나의 차례를 기다린다. 혼자가 점점 익숙하다.

그건 너도 마찬가지야

우리에 갇힌 동물원의 맹수들과 빌려 쓴 통기타로 들려준 내 노래. 동경소녀에서 편지까지, 김광진으로 가득 채워진 플레이리스트와 이런저런 이야기들. 선글라스로 가려 보는 서로의 시선, 일렁일렁 나타났다가 사라지는 고깃배와 들릴 듯 말 듯 한 노랫말. '나는 널 사랑하지 않아, 그건 너도 마찬가지야. 다 지나간 일이야.'

수많았던 꽃들과 이름 모를 나무들, 드넓었던 공원과 시원했을 분수대도 그저 아쉬운 말과 부끄러운 행동으로 남았다. 일렁일렁 나타났다가 사라지는 그림자와 들릴 듯 말 듯 한 노랫말. '나는 널 사랑하지 않아, 그건 너도 마찬가지야. 다 지나간 일이야.'

싸울 기세로 써 내려가는 이름과 일렁일렁 춤을 추듯 생기는 마음의 동요. '나는 널 사랑하지 않아, 그건 너도 마찬가지야. 다 지나간 일이야.' 울렁울렁 멀미가 난다.

밤바다

저녁에 일이 끝나면 밤바다를 보러 가자는 약속을 지키지 못했다. 거제, 제주 유치한 끝말잇기를 하며 부푼 기대감은 컨디션 난조로 무너졌다. 마감에 정신없이 쫓기다가 짧은 여행을 다녀왔고 돌아오기가 무섭게 일했다. 글쓰기 수업을 진행하고 나니 더 이상 말하기가 힘들었다. 몸이 축나기 시작했다. 열이 오르고 머리가 지끈거린다. 어지러웠다. 방전이다.

약을 먹기 위해 밥을 차린다. 곤약밥에 닭가슴살과 달걀흰자 오믈렛을 꾸역꾸역 넘긴다. 배달시켜서 대충 먹고 싶었지만 참았다. 결과적으로 기분이 좋아지는 선택을 늘려나가고 싶다. 확실히 배달 음식보다는 건강하게 챙겨 먹는 쪽이 훨씬 낫다. 습관 만들기는 쉽지 않다. 그래도 어떻게든 버티고 있다. 따뜻한 물에 샤워한다. 약을 먹고 일찍 잠에 든다. 10시간을 내리 잤다. 충전이다.

최근에 사람들을 조금 무리해서 많이 만났던 것 같다. 그간 못 만났던 것에 대한 보상 심리가 작용했을까? 개인적으로 지켜야 할 것들도 많았고 마감도 계속 이어지는 와중에 조금 무리한 것 같다. 그래도 푹 자고 일어나니 개운하다. 개학 전까지는 조금 더 무리해도 괜찮을 것 같다.

저녁에 일이 끝나면 밤바다를 보러 가자는 약속을 지키지 못했다. 거제, 제주 유치한 끝말잇기를 하며 부푼 기대감은 컨디션 난조로 무너졌다. 제주의 밤바다를 실컷 봐서 그런지 거제의 밤바다는 별 감흥이 없어졌는지도 모르겠다. 아니면 그냥 만남이 불편해서 몸이 핑계를 댄 건지도 모르겠다. 나는 당신과 거제의 밤바다를 다시 보러 가게 될까?

시절은 저물었다

우리는 생각보다 자연스럽게 멀어졌다. 마지막이라는 인사는 하지 않았다. 날이 따뜻해지면, 서로 조금 여유로워지면 보기로 했다. 날은 생각보다 빠르게 따뜻해졌고, 나는 그때도 지금도 전혀 바쁘지 않다. 연락을 기다리지는 않았다. 섭섭하지도 않았다. 그냥 그러려니 하며 지금 이 상태를 받아들이려고 노력했다. 얼마 지나지 않아 평화가 찾아왔다. 텅 비어버린, 공허한 평화가 내려앉았다.

눈에서 멀어지면 마음에서 멀어진다는 말을 새삼 깨닫는다. 멀어진 마음은 여러 갈래로 갈라져 복잡하게 꼬였다. 당신이 사라진 일상은 단순해졌고 몸은 건강해졌다. 그러나 마음은 여전히 갈피를 못 잡고 있다. 당신과 함께하면 단순해서 좋았다.

하나보다 단순했던 둘의 시절을 떠올리니 또 하염없이 그리워진다. 당신의 주위에 트리처럼 머물렀다. 사계절을 거실에 머물렀지만, 시즌에 어울리게 반짝였던 건 잠깐이었다. 다시 봄이 왔고 나는 치워지지도 못한 채 반짝임을 멈추었다.

많은 것이 변했다. 우선 도전이 쉽지 않았다. 정확히 말하면 도전의 의미를 찾기가 힘들었다. 주변의 감사한 제안을 모두 거절했다. 더 나은 사람이 되고 싶다는 욕심에 이것저것 앞뒤 따지지 않고 도전했던 시절은 저물었다. 모든 게 다 시시하게 느껴진다. 나를 보면 무중력 같다던 당신의 말은 그때는 예견이었고 지금은 현실이 되었다. 도전이 사라진 자리에 쉼이 찾아오면 좋으련만 그것마저 쉽지 않았다. 당신과 함께하면 아무것도 하지 않아도 괜찮았다. 하지만 지금 아무것도 하지 않는 건 너무 어렵다. '아무것도 하지 않아도 돼.'라고 아무도 말해주지 않는다. 물속에 가라앉아 한없이 시간을 허비하던 길고 맑은 시절은 저물었다.

작가의 말

해를 거듭하면서 인생은 아름다움을 더해가고 있다. 나는 오늘도 부지런히 물을 준다. 나에게 그리고 당신에게. 물기를 가득 머금은 초록은 푸르고 어느새 우리는 서로의 마음에 뿌리를 내리려 한다. 그것은 봄 한철 피워 낸 꽃보다 귀하다. 누군가의 마음에 물을 주는 누군가가 된다는 것, 내 마음에 물을 주는 누군가가 있다는 것, 그리고 누군가의 마음에 뿌리를 내린다는 것. 사랑의 가치를 공유하는 당신과 함께한다는 것은 꽃보다 아름답다.

자발적 고독을 희망한다. 새벽의 고요 속에서 아름다운 무언가를 발견하는 재미가 쏠쏠하다. 오늘의 발견은 매일로 이어지고 내 안의 긍정적 에너지는 끝없이 복사된다. 다정한 말, 다정한 마음, 다정한 생활을 유지한다. 어려운 상황이 몰아치면 찬찬히 내부를 들여다본다. 어려움과 괴로움의 원인을 외부로 돌리지 않는다. 짜증과 분노는 식기 마련이고 부정적 에너지는 어느 누구도 피워 내지 못한다.

기대하지 않는다. 사람과 사람 사이에 관계가 설정되는 순간 자연스럽게 기대라는 것도 생기게 마련이다. 기대가 충족되면 만족하고 기대가 충족되지 못하면 실망하는 기대의 논리에 종속되지 않으려고 한다. 내게 주어진 역할에 최선을 다하고 마음 한편을 내어 준 당신에게 감사한 마음을 전한다. 기대하기보다 기댈 수 있는 편안함을 나누고 싶다.

이제 끝났다고 그만하고 싶다고 생각한 순간에도 전혀 예기치 않은 곳에서 희망의 싹은 돋아났다. 벼랑 끝에 몰려 마지막이라 느꼈을 때 새로운 사람이 다시 손 내밀어 주었고 물에 빠져 허우적대기를 포기했을 때 물속 세상은 새롭게 펼쳐졌다. 이미 결정지어진 삶이란 존재하지 않는다. 어떻게 펼쳐질지 모르는 나의 정원은 1월에도 2월에도 알록달록 꽃밭이다. 함부로 꽃을 꺾으려 한다면 꽃 꽂고 미친 척하면 그만이다.

행복하자. 당신을 기다리는 나는 행복한 사람. 당신을 기다리는 내가 있다는 것을 알고 있는 당신은 더 행복한 사람. 당신을 기다리는 나의 존재를 잊지 않고 기억하는 당신, 그런 당신을 기다리는 나는 진짜 더 행복한 사람. 행복하자. 부디 조금 더 행복하자.

허무에 빠지지 않고

낭만 꽉 붙잡고 살아요, 우리.

철 없는 사랑

발행일 2024년 05월 01일

지은이 선제

인스타그램 _redsun1866

발행처 인디펍

발행인 민승원

출판등록 2019년 01월 28일 제2019-8호

전자우편 cs@indiepub.kr

대표전화 070-8848-8004

팩스 0303-3444-7982

정가 14,000원

ISBN 979-11-6756550-1 (03810)